犬のかたちをしているもの

高瀬隼子

JN018906

集英社文庫

犬のかたちをしているもの

おへそに溜《た》まった汗を人差し指でかき出す。ぴっ、てん、てん、と飛んで、トイレットペーパーに染み込んでいった。たまらなくあつい。

「何してんの」

開けたままにしていたドアの外に、郁也《いくや》が立っていた。手に持ったハサミを持ち上げて見せ、

「陰毛切ってた。明日、検診に行くから」

と答える。郁也は、ああ、と頷《うなず》く。

「でもなんで全裸？」

「あついから」

「確かに、あつい」

換気用の小窓からそよいでくる風はぬるくて、にごったにおいがした。雨の日の東京はくさい。今日は特別あついからかもしれない。雨が降ったり止《や》んだりを繰り返して、

路上のゴミを溶かしたようなにおいがする。

郁也がドアの代わりみたいに立ち尽くしているので、余計に狭くて暑苦しい。頭の上に視線を感じる。あっち行かないのか、と思ったけど無視して処理を続ける。見たいなら、勝手に見ていればいい。こんなのが見たいんだったら。

伸びた部分を全体的に短くしていく。おへそに近い生え際の毛は根元から切って、毛の生えている範囲を縮小する。後は細かいところ。右脚を曲げて立て、便座の上で片脚だけの体操座りをすると、膣《ちつ》からおしりの穴の周りを縁取るように生えている短い毛を慎重に切っていった。

「結構ていねいに切るんだ」

「検査の時、絡むと嫌だから」

初めて検診に行った時は何の処理もしてなかったから、伸ばしっぱなしにしていた陰毛が超音波検査で使う棒に絡んで、ぶちぶちと、何本か引っこ抜けた感触があった。

自動開脚機能がついた診察台に乗せられ、検査棒を膣に突っ込まれて出し入れされながら、男性医師にあそこが見えにくいとかあそこが影になってるとかぶつぶつ言われたことよりも、陰毛が抜け、それを残してきたことが気になった。

超音波検査の棒にくっついたままになっていたわたしの陰毛。次に使う人のために、看護師が除去したんだろうか。それを考えると、当たり前のことだし仕方がないことのはずなのに、無力感でいっぱいになった。それ以降、検診の前には陰毛を整えている。三か月に一度のペースで陰毛を整え、再発が分かったのは四年前だった。

「ちょっとのいて」

と言って、ハサミをトイレットペーパーの上に載せて立ち上がる。両手で股間を払うと、はらはらと短い毛が舞い、便器に落ちていった。中を覗《のぞ》き込むと、水面を陰毛が黒く覆っている。水を流す。全部飲み込まれて消えた。

立ったままの郁也の横をすり抜けて、エアコンのきいたリビングに戻る。裸の体全部でクーラーの冷気を受ける。体を巡る血液が表面から冷やされていく感覚。発汗をすぐに止めるよう、体中に号令がかかる。ティッシュペーパーを何枚か引き抜いて、首筋とひたいに残っていた汗をぬぐう。ユニクロのワンピースを頭からかぶって着て、パンツもはいた。

郁也が冷蔵庫から麦茶を出して注《つ》いでくれる。グラスを受け取りながら顔をあげると、郁也のTシャツにも汗染みができているのが目に入った。腋《わき》のところと首元と。汗をかいてまで、と思ったけど口には出さない。

あのさ、と郁也が言う。

「薫《かおる》、明日の夜って、なんか予定ある？」

「ないよ。午後から有休取ってるし、検診、夕方には終わるから」

郁也が微妙な表情になる。何かが顔に出そうになったのを引っ込めたような、中途半端な半笑い。

郁也はその顔のまま、じゃあ、駒込《こまごめ》駅前のドトールに十八時に来てほしい、と言った。

約束の時間の十五分ほど前に駒込駅に着いた。駒込は山手線《やまのてせん》に乗り換える時に使うけど、駅の外に出るのは初めてだった。駅前にお店が少しあるくらいで、出かける場所というより住宅街らしい。駅を出て行く人はみんな、家に帰る顔をしている。駅前にファミレスも居酒屋もあることを確認して、平日の十八時にドトールに呼び出されることの意味を考えた。ご飯を食べながらする話じゃないってことだ。

でも別れ話では、ないんだよなあ、たぶん。

郁也はわたしのことが好きだ。その愛情が少し、信仰のようになっているくらい。

「大丈夫？」と聞いたのは、セックスをしなくなって三か月が過ぎた頃だった。ベッドの中で、郁也はわたしの二の腕にふれていた。

「なにが？」

「しなくなって結構経《た》つけど、大丈夫？」

郁也がわたしの方を向く。目が合う。おれは大丈夫だよ、と言ってわたしの頭をなでた。

「大丈夫、かなあ」

「薫のこと、好きだから大丈夫」

最初はみんなそういうことを言う。郁也もどうせ限界が来る。限界が来た郁也は、全く別の理由——仕事が忙しいとか、わたしの話し方が嫌とか——を口にして去り、わたしはやっぱりかと納得しながら、だけど絶望を深めるんだろう。うれしい、わたしも郁也が好きだよ。と言いながら、内心ではそう考えていた。

だけどもう三年になる。二十七歳の時に郁也と付き合い始めて以来、仲良く過ごしている。特にこの一年ほどは、わたしのマンションで半同棲《はんどうせい》のように生活している。だから、もしかして郁也は違うのかな、と思い始めている。大丈夫な人なのかもしれないって。同じ布団にくるまって手をつないで眠る時の、心の底からの安心。

結婚の話でも、ないだろう。結婚はいつでもできるけど、すぐにする必要はない気がしている。多分、郁也も。したくなったらその時に考えようかなあくらいで。それに、さすがに、仕事帰りのドトールで話すようなことではない。

じゃあ、仕事帰りのドトールで話すようなことって、どんな話だろう。ご飯も食べないでお酒も飲まないで、コーヒーを飲みながらじゃないとできない話って。約束は十八時。郁也はだいたい帰りが二十一時を過ぎるのに、いつもより三時間も早い。

郁也がこの一週間ほど何か考えごとをしている雰囲気は感じていた。テレビを見ているようで見ていなかったし、いつもならお互い二、三日ほったらかしたままにしている洗濯物に、毎晩手をつけていた。手を動かしていたい様子だった。

そういうことはこれまでにもあった。お互いに仕事の愚痴は言い合うけど、言えないことだってある。もしくは、しばらく経ってからなら言えることも。

守秘義務というほど、堅苦しい縛りではない。郁也は学習塾で働いている。小学生が勉強をしに来る。あの子は伸びてきてる、あの子はさぼりがちで、だけどゲームにめっちゃ詳しい。郁也はそんな風に塾に通っている子どもたちの話をするけど、授業が全然分からないと言われたとか、保護者からクレームがあったとか、そういうネガティブなことは、解決してから話す。うまくいってなかったんだけど、やっぱり関係性が大事だね、話したら、みんな分かってくれたよ。そんな風に。

だから郁也が何か悩んでいる様子でも、あんまり気にしていなかった。わたしに変化はなかったから。二人のことではない、外のこと、郁也の世界のことで悩んでいるんだろうと思った。

ローソンの前の電柱に、犬がつながれていた。茶色のミニチュアダックスフント。飼い主が中にいるのだろう、首を伸ばして自動ドアを見つめている。周りの人に気付かれないように、手をぱくぱく動かしてみる。犬は一瞬ちらりとこちらを向いて、すぐにコンビニの方に視線を戻した。わたしも何事もなかったかのように通り過ぎる。

実家で犬を飼っていた。子どもの頃から一緒に育って、わたしが大人になった頃、その子は死んでしまった。

ドトールに入って店内を見渡す。郁也は、レジカウンターから一番遠い、階段のかげになっている席に座っていた。わたしに気付いて小さく手を挙げる。

頷き返して、歩み寄る。郁也の席の前まで近づいてようやく、隣に女の人が座っていることに気付いた。二人の前にはそれぞれ飲み物がもう置いてあって、どちらもほとんど空《から》だった。

「えーと」

と口に出して言うと、女の人が立ち上がった。同い年くらいに見える。仕事帰りなのか、ネイビーのパンツスーツを着ていた。目が合う。ぱちぱち、と素早い瞬《まばた》き。一重《ひとえ》瞼《まぶた》の目。大きめの口と、存在感のある唇。営業職のような気がする、後、スポーツ観戦が趣味なんですとか言いそう、となんとなく思った。

「ミナシロといいます。今日は、間橋《まばし》さんとお話ししたくて、田中《たなか》くんに呼んでもらいました」

すでに名前を知られているらしい。「はあ」とつぶやいて、郁也を見る。郁也は、とりあえず飲み物もらおうか、とわたしの腕にふれて促す。ミナシロさんは黙って席に座った。レジカウンター前には二人並んでいて、わたしたちは三番目に並ぶ。わたしと郁也の体に反応して入口の自動ドアが開いた。ここからミナシロさんの姿は見えない。ちょうど階段のかげになっている。

「病院、どうだった」

「別に、なにも変わってないって。悪くもなってないし、よくもなってない」

郁也は頷いた。わたしはその先の言葉を待ったけど、それきり黙ったままだった。

注文する順番になって、郁也がコーヒーを二杯とオレンジジュースを頼んだ。

「オレンジジュース？」

と口に出して聞きながら、もしかして、と頭をよぎる。多分わたしが腑《ふ》に落ちた顔をしたんだろう。郁也は追いつめられたような顔をして、

「ミナシロさんが、妊娠していて」

と言った。表情とは裏腹に、声は妙に淡々としていた。

「そうなんだ」

「それで、」

郁也はそこで言葉を切った。その追いつめられたような顔をしばらく見つめていてようやく、ミナシロさんの妊娠と郁也との関係に思い当たる。と、同時に郁也が、

「それが、おれの子らしくて」

と、答えを言ったので「びっくり」と口に出してしまう。びっくり。

「びっくりした」

郁也、あの女の人と、セックスしたの。

足の裏から冷たいものがせり上がってくるような感覚がした。足の裏からふくらはぎへ、ひざ裏を通って、太ももをじりじり上がって。

店員がコーヒーとオレンジジュースを小さなトレーに載せて出す。郁也はそれを受け取って、わたしの前に立って席に向かう。付いて行かなきゃいけないのか。嫌だ、と思う。思うのに付いて行ってしまう。

郁也はミナシロさんの隣に座った。そっちなんだ、と一瞬躊躇《ちゅうちょ》してから座る。四人がけのテーブル席で、わたしが郁也とミナシロさん二人に向かい合うような形になった。

ミナシロさんの、きれいに巻かれたこげ茶色の長い髪が目に入る。胸元に手をやり、自分の髪にふれた。黒くてまっすぐ。郁也はこの髪が好きだと言うけど、何もしてないだけの髪だ。染めてもパーマをかけてもいないだけ。

「子どもができて」

とミナシロさんが話し始める。郁也はわたしの顔じゃなくてわたしの手元を見ている。自分の毛先にふれている手。

「田中くんと間橋さんに、別れてほしいんじゃないんです。わたし、田中くんと付き合ってるとか、そういうわけではないので。ビジネスの関係だったんです。お金をもらって、そういうことをする。なので、今回のは、ミスでした」

「お金」

わたしがつぶやくと、ミナシロさんが頷いて見せた。

「個人的に、知り合いでそういうことをしたいっていう男の人がいたら、お金をもらってしてるんです」

お金って、いくらだったんだろう。

そんなことが気になる。郁也は黙っている。普段は普通の会社員です。ミナシロさんが言う。

「間違えて、子どもができてしまって。それで、間橋さんには、ただ、わたしが子どもを産むことと、田中くんがその父親になることを、許してほしいんです」

ただ許してほしい、というにはハードルの高い要求だった。それって、と言う自分の声がかすれている。咳払《せきばら》いして喉を整えて、続ける。

「子どもを認知して、養育費を出してほしいってこと、ですか?」

わたしの問いかけに、ミナシロさんは小さく首を傾《かし》げて見せ、

「少し、違います。認知というか、婚姻届を出して、田中くんの戸籍に入れてほしいんです、子どもを」

「……婚姻って、なんだ、結局そういう話」

ため息が出る。息を吐いただけなのに、喉がひりついた。コーヒーじゃなくて水が飲みたい。セルフサービスの水が置いてある方に視線を向ける。郁也が「水、取ってこようか」と言う。黙って横に首を振る。口を開いたと思ったらなんだ、といら立つ。

「ミナシロさんと郁也が結婚して子どもを産んで育てる、だからわたしに別れてほしい、ってそういう話なら、郁也が自分でわたしに話すべきなんじゃないの」

自分の声が耳の後ろの方から聞こえた。ちょっと早口になる。

「違うんだ」

ミナシロさんが話そうとしたのを手で制して、郁也が口を開いた。

「ミナシロさんと入籍して、戸籍上ちゃんと、生まれてくる子の父親になって、その後で離婚する。それで、子どもはおれが引き取る」

郁也の隣で、ミナシロさんが頷いて見せた。ゆっくりとした瞬きに、視線が吸い寄せられる。

この人は、許されることに慣れている人だろうな、とふと思う。

許される要素のひとつもない話で、責められてなじられて罵倒される覚悟もありそうな様子なのに、でも最終的には許してくれるんでしょ、と思っていそう。

「わたし、子どもが嫌いなんです」

間橋さんは、好きですか？　子ども。ミナシロさんが言う。

「子どもを育てたくない。産むのだってこわいし、痛いから本当は嫌だけど、堕《お》ろすのはもっとこわい。だけど育てる気はありません。育てられない。もともと、こんなはずじゃなかったんです。子どもなんてできるはずじゃ」

間違えちゃいました。あっけらかんとした調子で口にする。あ、無理してる、と思う。

ミナシロさんの唇の右端が少し震えている。当たり前のようにひどいことを言ってのけるところに、演技の気配を感じる。

「間橋さんが育ててくれませんか、田中くんと一緒に。つまり、子ども、もらってくれませんか?」

郁也はうつむいたり顔をあげたりを繰り返している。顔をあげても横目で見るのはミナシロさんの方で、わたしの方には全然視線を向けない。

郁也の中では答えは出ているらしい。

「どうですか」

視界のはずれで、郁也がくしゃくしゃになったストローの袋を指でつつくのが見えた。

「というか、」

わたしの声に、郁也がぱっと顔をあげる。その反動でストローの袋が床に落ちた。

「本当に、郁也の子どもなんですか。他の、誰か別の男の人の子じゃなくて。ミナシロさん、お金をもらって、他の人とも関係を持ってたんですよね」

「ごめん」

答えたのは郁也だった。

「それは間違いない。おれの子だと思う。心当たりが、ある」

むしゃぶりつくようにミナシロさんに覆いかぶさる郁也の姿が、頭に浮かんだ。もうたまらない、といった顔も。興奮して瞳孔の開いた目も。まるで見たことがあるみたいに鮮明なイメージだった。一度強く目をつむって、かき消す。目を開ける。分かった、と言う。

「ミナシロさんと二人で話したいから、郁也はどっか行ってて」

郁也は、え、それは、でもうんそうだよね、だけど、いや分かった、もごもごと一人で話して頷いて見せ、立ち去る寸前でミナシロさんに視線を遣《や》り、ミナシロさんが視線を交わさないよう手元のグラスを見つめているのを確認すると、不安げな足取りで出て行った。

こんな風に、動揺していることを隠さない率直さが、郁也にはある。いつもはその素直さが好きだと思うけど、今日ばかりは幼さの表れにしか見えなくていらいらした。

郁也の足音が遠ざかっていく。カップに手を添えて、空になっていることに気付いた。ミナシロさんが「水、取ってきますね」と言って、セルフサービスで置かれている水を取りに行く。

グラスをふたつ用意しているミナシロさんの背中を見ながら、呼吸が、浅く、なってるな、と自分の様子に気付く。

店内は混んでいる。スマートフォンをいじる人、パソコンを開いている人、本を読んでいる人、資料を覗き込んで何か話し合っている人たち。そう、ドトールってこういうとこだ。子どもをあげる、あげない、なんて話をするところじゃなくて。

ミナシロさんが戻って来る。わたしの前に水の入ったグラスを置く。反射的に「ありがとうございます」と言うと、ミナシロさんが驚いたような顔をした。わたしも言ってから違うななんか、と思った。お互いに水を飲みながら、黙っている。

ミナシロさんと二人で話したいから、と郁也に言ったものの、話したいことなんてなかったし、話したいことだらけのような気もした。

さっきまで気にしてなかった、隣の席でスマートフォンをいじっている女性が、急に気になる。四十歳くらいの女性。シャツにグレーのカーディガンを羽織っている。仕事帰りのようだった。飲みかけのアイスコーヒーは半分も減っていない。誰かを待っているのかもしれない。

この人は、今までのわたしたちの話を聞いていただろうか。聞いていたのだとしたら、どう思っただろう。ばかばかしいって？　違う。それはわたしの感情だ。他人事《ひとごと》だから、面白いって思ってるかもしれない。スマートフォンを操作しているのは、ＳＮＳに〈ドトール入ったら隣にこんな人たちがいるんだけど〉と書き込みをしているからかもしれない。それを見た人たちはなんて思うだろう。いやいやありえないでしょ、知らない女の産んだ子ども育てるとか。結婚してるわけじゃないんでしょ、ならそんな浮気男と別れて忘れる一択。てゆーか男、そんなの受け入れられると思ってんのかよ。そんな感じ？　だとしたらこう答えたい。そう、郁也は、受け入れられると思っている。わたしがいなくなるなんて、考えていない。

は｜？　それってなんで？　SNSの声が問う。

「間橋さん冷静なんですね。わたし、ぶたれるくらいの覚悟で話しに来たんですけど」

「……殴るなら、郁也の方かなと、思いますけど」

「殴るんですか？　この後」

「いえ、多分、殴らないですね」

郁也はどうしただろう。近くで待っているのか、先にうちに帰っているのか。どちらにしても落ち着かないで、ドトールに残してきたわたしたちのことを考えているだろう。

「殴るとかそういうので、伝えられる感情ではないというか」

わたしの言葉にミナシロさんは首を傾げ、それから言った。

「すみませんでした。一応、言っておきます。一度くらいは」

「なんですか、それ」

「本当は今日謝るつもりなんかなかったけど。だって正直、わたしも被害者なところありますから。ずるいですよ田中くんは、産まなくていいんですもん。責任の重さが、違う。けど、間違えてできちゃったことの、全部が全部田中くんのせいじゃないから。間橋さんには、謝ります。すみませんでした」

変な沈黙。謝られると、許すか許さないか、選ばないといけないような気になる。許すとか許さないとかじゃないのに。許したって子どもは消えないし、許さなくたって郁也は消えない。

「時々、こうやって会いませんか」

ミナシロさんが言う。

「なんで？　わたしたちが会う必要、ありますか」

「だって、素性のよく分からない女の産んだ子どもを育てるのって、嫌じゃありませんか？」

「わたし、子どもをもらうなんて、言ってません」

頭を抱える。ひたいが熱くて驚く。

「じゃあ、いらないですか？　本当にいいんですか？」

含みのある言い方。ミナシロさんの目を見る。

「郁也がなにか話してましたか」

「男の人って、そういうことした後、口がゆるくなりますよね。なんでも話しちゃうっていうか。お金の上の関係っていうのも、言いやすかったのかも。まさかこうしてわたしと間橋さんが会うことになるなんて考えもしなかっただろうし」

　許してあげてくださいね、とでも言いそうな調子。ひたいに手をあてたまま頭を振る。ミナシロさんは早くも、彼女本来の話し方をし始めているみたいだった。打ち解けてる？　冗談じゃない。

「ミナシロさんは、結婚してすぐ離婚て、気にならないんですか。職場とかで、いろいろ、言われるかもとか」

「まあ、平気です。みんなすぐあきるだろうし。何回か飲み会で話のネタにしたら、どうでもよくなるんじゃないかな。よくある話だし。それよりもバツイチって魅力的だと思いません？　独身の気軽さのまま、結婚しなよとか子ども産むなら早い方がいいよとか言われないで済んで。結婚してないと半人前みたいに言ってくる人いますけど、一回しておけば、やってみたけどダメでしたって言えるっていうか」

　子どももらってくれませんか、と言った時と同じあっけらかんとした口ぶり。けれど今度は本心から言っているように聞こえた。

「ミナシロさん、お仕事ってなにを？」

「普通に会社員ですよ。カメラの部品とか作ってる会社の」

会社名を言われたが知らない会社だった。

「大きい会社じゃないけど、仕事は楽しいんで、続けたいんです。のしあがって、えらくなって好きなことしたい、って思ってます」

だから、と言ってぺったんこのお腹《なか》に手をやる。

「子どもは田中くんにあげます。間橋さんがそこに関わるかは、分かりませんけど。とにかく、時々、こうやって会いましょう。わたしのことを好きになってもらう必要はないですけど、嫌いな人間から生まれた子どもを育てるのって嫌でしょ」

水の入ったグラスをいつの間にか握りしめていた。手の熱でぬるくなった水を一口飲む。東京の水の味。頭が痛い。片頭痛が始まっていた。

「わたしと間橋さんの出会い方は正直サイアクな感じだし、だから、このまま会わなくなると頭の中でどんどん嫌いになっちゃうと思うんですよね」

まあ、はい、と相槌《あいづち》を打ちながら、会えば会うほど嫌われるとは思わないんだなあ、と感心する。わたしだったら、そう考えてしまうから。

「子どもをもらうなんて、言ってないですよ」

先ほどと同じことを繰り返す。

「分かってます。その話も、しましょう」

「はあ」

　それじゃあ時々、お茶でもしましょうということになった。

　ドトールを出て駒込駅に向かう。ローソンの前に、もう犬はいなかった。山手線と地下鉄のどちらですか、と聞かれて地下鉄で帰りますと答える。わたしもです、とミナシロさんが言って、二人で地下へ続く階段を降りる。

　改札の前に郁也が立っていた。こちらに気付いて近づいてくる。郁也が視界に入った時、突風が吹いた。耳や目や口から体の中に、なまあたたかい空気が流れ込んできた。こんな地下で風が強く吹くなんて、と思っていると、ただわたしが大きく呼吸をしただけだった。息をひそめていたらしい、ずっと。どうりで苦しかった。すーはーと呼吸を繰り返すわたしを郁也が見ていた。

　ミナシロさんが「わたしはここで」と言って、先に改札を通る。郁也もわたしも頷いただけで言葉を発さなかった。少し時間を置いて、わたしたちも改札を通る。ホームまでさらに階段を降りる。一歩一歩降りていきながら、郁也が「ごめん」「軽率だった」「お金ありきの関係で」「でも感情はなくて、本当に」「そういう行為だけで」と話し始めた。泣くのを我慢しているような声だった。ホームに降りて、端の方まで歩く。端に着いてもまだ郁也が話し終えてなかったので、電車を一本見送って、反対側の端まで歩く。「ごめん」「子どもなんて」「どうしたら」「でも別れたくない」郁也が話し続ける。歩き回った体に、じんわり汗をかいた。

お金を払ってセックスをしていたことも、だからってミナシロさんが好きだというわけではないことも、わたしと別れたくないということも、全部本当だというのは分かった。でも、だからって、郁也が生まれてくる子どもを放り出すなんて考えるわけがない。選択肢がどんどん絞られていく。けれどそれは、郁也の選択肢だ。わたしには、全部忘れてここから去る、っていう選択肢がある。それを選べば、その先にはまた無限の選択肢があって、わたしはそれをひとつひとつ選んで生きていける。

ホームを端から端へ、四往復して、電車は三本見送った。郁也の言葉が途切れて、わたしは立ち止まった。ちょうど、四本目の電車が入ってくる。

「トイレに寄りたいから、先に帰ってて」

そう告げて郁也から離れる。郁也がついてこようとするのを、視線で押し止《とど》めて、一人で昇りのエスカレーターを進む。改札のある階まで戻って、トイレに入った。本当にトイレに行きたくなったからトイレに行くんだけどなんか逃げたみたいな感じがするのがやだな、と思った。

洋式トイレにまっすぐ進んで、便座に腰かける。パンツをずり下げたまま無意識に鞄《かばん》から取り出していたアイフォンを握りしめる。おしっこが少し出て止まった。それと同時に、心臓の動きが止まったみたいに感じた。体中がしんと静まりかえって、指の先から体の奥に向かって、冷えた。かと思うと、遠くから猛スピードで何かが近づいてきた。なんだろう、と考える前にお腹を押さえている。目をつむる。ああなんだ、これもそうなんだ。

子宮を支える筋肉が収縮する感触。感触はすぐ痛みに変化する。排便欲求がおしりの穴を刺激する。ゆるくなった便に、膣から出た血が覆うように上からかかる。息を吐く。立ち上がって、水を流す。血が赤い筋になって主張し、次の瞬間には押し流されて消え去る。体は正直だな、と思う。ストレスを感じると血が出たり不自然に止まったり。もう少し我慢してよ、まさにあんたのせいでこうなってるんだから。

パンツをはいたそばから血がナプキンに染み込んでいくのを感じながら、トイレを出たところで立ちすくむ。駅は家路を急ぐ人で混み合っていた。たくさん人間がいる。たくさん人間がいるのに。

こういう時、泣くべきなんだろうな。

そんな風に思ったら、本当に涙が出てきた。かなしくて泣いたというより、泣くべきだろうと思って泣いてしまっている、ということを自覚しているので、頭の中は冷静だった。横切っていくたくさんの人たちはわたしに気付かない。まっすぐに前を向くか、手元のスマートフォンを見ている。時々偶然にわたしの涙が視界に入った人も、ごく自然に見なかったことにして立ち去る。そこには「見ちゃった、めんどくさそう、逃げよう」なんていう思考はなくて、ただ「見た、去る」だけがある。興味を持つ前にただ風景として受け流していく。

ああ、ここは東京だ。これだからわたしは、この街にいられるんだ。東京だ、と口に出してつぶやく。それを契機に、涙がすっと引っ込んで乾いた。階段を降りて、さらに地下へ進む。電車が近づいてくる音が聞こえた。

*

なんでそれが矛盾するの、と言って泣いたのは、社会人になってから最初にできた彼氏だった。大学時代の友人に呼ばれた合コンで出会った、ふたつ年上の人だった。セックスをしてると、大切にされてないっていう気持ちがどうしてもわいてきてしまって。もちろん我慢はできるんだけど、我慢してやってると、相手のことが好きじゃなくなっちゃうんだよね、という話をした後のことだった。「なんで」と言って、彼は泣いた。

　なんでと言われてもその時は自分でもよく分かってなかった。いろいろなことが通り過ぎた後だから、今なら少し分かる。わたしにとって、ロクジロウへの愛みたいな形が理想としてあったし、単純に病気のことがあった。男の人と体を重ねて、特に切羽詰《せっぱつ》まったような真剣な顔で腰を振っているのを見ると、この人、わたしが卵巣の手術をしたって知ってるのに、よくそんな風にできるなあ、って頭のどこかで考えてしまう。想像しないのかな、手術で切り取られた臓器のこと、縫われたこと、失っていること、傷ついていること。なんていうか、ネガティブなイメージがわたしのここには集結してるみたいに、感じるのに。この人は、そんな風には感じないのかな。

　行為の最中に、そんなことを考える冷静さを持ってしまうってことは、もうそれほど没頭できてないってことだから、もしかしたらそれ以前の意識の問題なのかもしれない。だけど泣かれたって困る。泣かれた時、わたしは、この人は泣くほどセックスしたいのか、と愕然《がくぜん》とした。そのことを伝えると、彼は「分からないんだね」と言い残して去っていった。で、そのことの顚末《てんまつ》を飲みながら話して聞かせた相手が、郁也だった。

　郁也は取引先の会社の人だった。難関私立中学の受験をする小学生を対象にした塾で、郁也は理科と算数を教えていた。アルバイトスタッフや時給制契約講師、郁也のような正社員講師を合わせるとグループで千人を超えるスタッフがいるのだという。その人たちの保険料や残業代などの給与計算や就業管理に、うちの会社のパッケージシステムを使うことになったのだ。それを決めたのは郁也の会社の経営陣だったけど、実際に使ったりアルバイトスタッフの入力を確認したりするのは現場の郁也たちだからということで、使用方法の説明会をわたしが行うことになった。使用方法といっても、入力して、承認ボタンを押して、データ取得ボタンを押すだけだ。『インターネットで調べたいものを検索できるレベルのパソコン操作ができる方なら誰でも使えます』が、うちのパッケージシステムのコンセプトだから。

一度操作して見せると、郁也をはじめ説明会に出席した社員たちはみんな「はあ、分かりました」という反応だった。四十五分の時間がわたしには用意されていたけど、十分で終わった。

「なんか、わざわざ来ていただいたのに、すみません」

プロジェクターにつないだノートパソコンを片づけていたわたしに声をかけてきたのが郁也だった。ワックスもつけてないただ短く切っただけの、清潔な髪。スーツを着ているのにサラリーマンの感じがしない。袖にチョークの粉がついていた。わたしは首を横に振った。

「いえ、みなさんの理解が早くて、わたくしどもも助かります」

　それから説明会会場として用意された部屋を見渡す。小学校の教室にあるような黒板と、可動式のホワイトボードの両方がある。机と椅子は、小学生用らしくて小さい。さっきまで大人たちがそこに座っていたが、やはり使いにくそうだった。

「生徒さんたちは、夕方頃から来るんですか」

　時計を見る。十五時少し前だった。

「そうですね、低学年の子はもう下の教室にいますけど、高学年の子は後一時間くらいで来ます。それから三時間の授業を受けて、お弁当を食べたり、自習したりした後、四十五分のテスト、採点と解説をして、帰るのは二十一時前です」

「……なんていうか、言葉が難しいですけど、すごいというか、大変ですね」

　それまで東京の街中でランドセルを背負っている子を見ると、反射的に白けた気持ちになっていた。あなたたちはここで生まれたんだからそれだけで勝者ね、と言いたい気持ち。ばかばかしいことだけど。

「わたしは田舎《いなか》の生まれなもので。恥ずかしながら、中学受験なんて言葉が存在していないくらいの。なので、こんな風に小さい時から勉強をしっかり頑張る子どもがいるんだなって、驚きました」

「どちらのご出身なんですか」

「四国です。海と山しかないところ」

その日、会社に戻って仕事をしていると、電話が鳴った。郁也からだった。名刺を見てかけてきたのだと言う。

「システムで、なにかありましたか」

さっそく不具合だろうかと不安になって聞く。いえ、そうじゃないんですけど、と郁也が言った。

「間橋さんは、今日はお仕事は何時頃までですか。ぼく、今度四国に行こうと思ってて、旅行で、それで、おすすめの場所とか教えてもらえないかと思って」

ふうん、と思った。

取引先の人に声をかけられることは時々あったけど、会社の番号に電話をかけてきた人は初めてだ。名刺にはメールアドレスも書いてある。mabashiって入ってるから共用アドレスじゃないって分かりそうなものだけど。

その日の夜、郁也の塾の小学生たちが二十一時に帰っていくのを待って、二人で飲みに行った。池袋《いけぶくろ》の駅から少し歩いたところにある焼き鳥屋で、地酒がおすすめだというのでビールではなく日本酒ばかり飲んだ。焼き鳥に添えられているわさびを箸先でつ

つきながら飲んでいると、

「お酒、好きなんですね」

とうれしそうな声で言われたので、あー今日やるつもりなのかな、まだ仕事で会う人だし、ちょっとだるいな、と思った。それで牽制《けんせい》のつもりで、実は元カレとセックスするしないで揉《も》めてー泣かれてーひいたんですよねー、みたいに、酔いの勢いもあって話してしまった。しんどいんですよね、なんか、って。どうなるかなあと思っていたら、二十三時前に「そろそろ帰りましょうか」と言われたので面食らった。会ってからまだ二時間も経ってないけど、やっぱりひかれたのか、と思った。慌ただしくＬＩＮＥのＩＤを交換して店を出る。郁也はＪＲの改札前で、ぼくは東武《とうぶ》東上線《とうじょうせん》なのでここで、と言って去って行った。

　山手線のホームで電車を待っていると「おーい！」という声がした。酔っ払いがいるなと思いながらアイフォンの画面に目を落としていると、「おーい！　おーいって！　間橋さん！」と自分の名前が出てきたのでぱっと顔をあげ振り返る。向こう側のホームに郁也が立って、手を振っていた。わたしと目が合って、うれしそうに手を大きくあげている。

　もしかして、ちょっと変な人かも。思わず周りに視線を走らせる。何人かが目玉だけを動かして郁也を見ていたけど、総じてどうでもよさそうだった。手を振っていた郁也は、走り込んできた電車に遮られて見えなくなった、と思ったら混み合った電車の中をぐいぐい進んで窓に近寄って来るのが見えた。疲れた顔をしたサラリーマンに挟まれて、こちらに笑顔を向けて来る。周りの人たちがあからさまに迷惑そうな表情をしていた。

電車が走り出しても窓からこちらが見えている限り、郁也は手を振っていた。わたしはずっと目だけで応えていたけど、最後にとうとう根負けして小さく手を振り返した。周りの誰もそんなの気にしてなかった。それからすぐに山手線の電車が来て乗り込む。足元が揺れますのでつり革や手すりにお摑《つか》まりください。アナウンスが流れる。ここでわたしがバランスを崩したって誰も気にしないのに、とわたしは愉快な気持ちになって、つり革から手を放した。鞄の中でアイフォンが振動するのが分かったけど、左右の人と肩がふれ合っているような電車の中で手を動かすのが億劫《おっくう》で、そのままにしていた。地下鉄に乗り換えるために駒込駅で降りて、郁也からのＬＩＮＥを開きながら、この人と付き合うんだろうな、と思っていた。電車のホームでぶんぶん、手を振り続けられるような、この人と。

恋愛の初めの頃は、いつも全部がきらきらしていて楽しい。それが長続きしないことは、もうよく知っていた。高校生の時に初めての彼氏ができて、朝起きて歯を磨いている時も、数学の授業を受けている時も、部活の後でTシャツを脱ぎ捨ててエイト・フォーを体にふりかけている時も、カエルの鳴き声がうるさい田んぼ道を自転車で走っている時も、頭の中は全部その人のことだった。テストの時に早く解けて時間が余ったら、問題用紙の余白にその人の好きなところを箇条書きにして書いてしまうほどだった。

大学受験を機にとっくに別れていたその人のことは、年々美しい思い出になっていった。最初の数年は「もし今再会したら」という妄想付きの思い出し方だったけど、次第にどこかで生きて元気で幸せでいてくれたらいいな、という達観した親愛になり、それものちの数年間で綺麗《きれい》さっぱり消え去っていった。今では顔も声もはっきりと思い出せない。実家に残っているプリクラに写った顔は思い出せるけど、彼がわたしと二人きりの時にどんな表情をしていたか、どんな声で、わたしたちだけの特別な言語で話をしていたか、それを思い出すことはできない。今もまあ元気だといいなと思うけど、幸せでいてほしいなんて思えるほどの気持ちの強さはもうない。なんていうか、遠すぎて、どうでもいい。大学生の時に付き合った人も社会人になってから付き合った人も、別れた後は、みんながみんなそうなった。

それは本当の恋じゃないからだよ、と恋愛真っ最中で頭がおかしくなっている友だちに言われたことがある。いつか消えてなくなってしまう気持ちは、本当の恋じゃないからだよって。

それじゃああの、言葉どおり命を削るような感情は。頭の中から四六時中どうしたって消えなくて支配されてるみたいな、でもそれが痺《しび》れるくらい気持ちいい、あの熱情は。あれが嘘《うそ》だというなら、本当の恋なんていうものはわたしには一生できないんだと思う。わたしはわたしに可能な最大限の感情のエネルギーを搾り取られるように恋愛をしてきた。それでもいつか消えてなくなってしまう。そのことが、分かっているだけ。

それは性欲ともよく似ている、と思う。

「わたしそのうちセックスしなくなるよ」

最初のセックスの後に言うべきことではなかったのかもしれない。ただタイミングって今しかないな、と思ったのも確かだった。二人で飲みに行ったのは、その日が四回目だった。帰りにホテルに入った。

郁也のむきだしの胸が大きな息で膨らんだ。わたしは心臓の音をききもらさないように耳をぴったりくっつけた。速いリズム。

「いつもそうなる。誰とでも。最初はこうやってするけど、早いと一か月とか、遅くても三、四か月くらいで、したくなくなる。嫌になる。くっついたり、一緒にお風呂に入ったりは平気だけど、性的な触られ方がつらくなる」

「うん、でも間橋さんはそういう人なんだろうし、いいかなあと思って」

と念を押すと、

「話聞いてた？　セックスしなくなるよ、わたし」

「正式に付き合ってほしいんだけど」

という問いには答えずに、うーんと、と言葉を続ける。

郁也が「昨日の続きだけど」と唐突に話し始めたのでびっくりした。起きてたんだ、と
が鳴るのより早く目が覚めていたけど、なんとなく起きあがらずにぼうっとしていたら、
話をしている間に、郁也は眠ってしまっていた。次の日の朝、アイフォンのアラーム
「うん、そう」

「それが前に言ってた、セックスがしんどいっていうことだよね」

郁也は本当に眠たそうな声で言う。

「分かった。ねむたい」

「うん。でも、申し訳ないけど、そういうわけだから。先に言っておこうと思って」

「だけどセックスなしで好きでい続けるのは、難しいんじゃない」

「わたしの中では、しなくたって相手のことは好きなままなんだけど」

「恋愛の期間が短いんだ」

と余裕の調子で言ってのけたので、わたしは少々頭に来て、それからしばらくの間おかしくなったように郁也とセックスばかりしていた。そしてやっぱり四か月が経つ頃に嫌になって、ぱったり、しなくなった。

「とうとう来たか」

と郁也は言って、だけどそれだけだった。それから、もう三年が経つ。

ミナシロさんのことがあって、わたしは、郁也もやっぱり「なんで」って言って泣いたあの人と同じなのかなと思った。泣いてまでもセックスがしたいし、お金を払ってでもセックスがしたい。だけどそのセックスがしたい、を我慢してでもわたしといたいと思ってくれていたんだとしたら。それを郁也自身、自覚しているのかもしれない。だからわたしに、自分の子どもを育ててほしいって言えるのかもしれない。とすると、もしかしたら、わたしは今、ひどいことを言われているのかもしれないし、これ以上ないチャンスを示されているのかもしれない。

よく分かんない。頭の中で自分に言い、すぐに、それは嘘だよく分かってる、と同じく頭の中で言い返す。わざわざ頭の中で言葉にしてみなくたって、よく分かってる。

郁也はわたしのことが好きだ。そしてその好きは、わたしがロクジロウを愛しているのと同じ種類の愛だ、と思う。

ロクジロウは十四年生きた。わたしが七歳の時にうちに来て、わたしが二十一歳の時に死んだ。わたしが手術を受けた半年後だった。

全身茶色で、柴犬《しばいぬ》に似ていたけど雑種だった。まゆげの位置のせいでいつも情けないような困った顔に見えた。滅多に吠《ほ》えない子で、不満なことがあると低い声で唸《うな》り、うれしいことがあると囁《ささや》くようにひんひん鳴いた。

わたしとロクジロウは、飼い主と犬というより、きょうだい同士のように育った。結局のところ餌をやりブラシで毛をといて洗い、世話をしたのは母さんだった。ご飯を与えられブラシをかけられ風呂に入れられていたのはわたしも同じで、母さんからしたら子どもが一人増えたような感じだったろうと思う。わたしとロクジロウと、二人きょうだい。

ロクジロウが死んだ時に付き合っていた男の人は、三浦《みうら》くんという。三浦くんと別れる時には、腫れ物に触るようにわたしの病気の話が出たし、大学卒業の後の進路を真剣に考え始めて、就職とか結婚とかいう未来がじわじわと現実味を帯びてきている時期だったから、ごめん、と謝り続ける彼の姿に傷つきもしたけど、申し訳なさが勝ってもいた。

恋人が卵巣の病気になったなんて重さは、しんどかっただろう。それに、ロクジロウが死んでしまって、落ち込んでいたわたしは、正直、三浦くんなんかほんとどうでもいい、って気持ちだった。あんなに好きだと思っていたのに。毎日彼のことを考えていて、就職活動だって彼が希望する勤務地で探して一生一緒にいるつもりだった。だけど、ロクジロウが死んで、わたしにはとうとう分かっていたから。愛するということが、なんたるものなのか。ああ半分もないな、って思った。ロクジロウを愛している気持ちの半分もないなって。三浦くんが好きだとか大事だとか思う気持ちは。

だから、病気のことがなくても三浦くんとは別れただろうと思う。彼に余計な罪悪感を負担させて申し訳ないな、という気もした。

愛するって、こういうことなんだ、って分かった。ロクジロウはわたしより先に死ぬんだって理解した頃から、分かり始めた。誰にも感じたことのない深い祈るような感情が、自分の中にあった。この子が助かるならなんでもするのに、っていう祈り。この子が幸せでありますように、この子を幸せにできますように、幸せにしなくちゃ、なにがなんでも、っていう覚悟みたいな決意みたいな。自分にはなにも返ってこなくていいから、この子にいつもいいものがありますように。気になるにおいのする電柱や、草の間から飛び出してくるバッタ、飛び込みたくなる大きな水たまりのようなものが。どうか、雨の日よりも晴れの日が多くありますように。こわい夢を見ませんように。おいしいものが食べられますように。時々わたしのことを考えてくれますように。でも、考えなくても、いいよ。そんな気持ち。

それはロクジロウが死んでからも消えなかった。何人かの人のことを、わたしは愛しているなって思った。母や父のことを愛していた。死に直面してないから切羽詰まった勢いはなかったけど、淡々と、うん、愛してるなあって分かる感じ。そして、三浦くんのことは、愛してないな、って分かった。家族愛と恋愛の差はあるのかもしれない。でも、違うと思ってしまった。

ロクジロウとは、ばあちゃんの家の裏で出会った。

今は施設で暮らしているばあちゃんが、じいちゃんが死んだ後一人で住んでいた家の裏に中華料理屋があった。中華料理屋は『ロクジロウ』という店名で、看板には、中国語らしい難しい漢字が書かれていたけど、誰も読めないので、その下に明らかに後で付け足したと分かる雑なつくりで「ロクジロウ」とカタカナの文字が書かれていた。

店の裏に積み上げられている大量の卵や小麦粉やキャベツの玉を見るのが好きだった。スーパーの売り場をそのまま持ってきたみたいで、同じものがたくさん並んでいるのは、なんとなく豪華な感じがした。裏口は、休憩中の店員が煙草《たばこ》を吸う場所でもあったので、母さんはわたしがそこに近づくのを嫌がった。いけない、と言われるとしたくなるのはどうしてだろう。特別面白い遊びがあるわけでもないのに、ばあちゃんの家に行く度に、母さんの目を盗んで店の裏口に忍び寄った。

ロクジロウはそこで拾った。卵と小麦粉とキャベツの山に埋もれて、茶色の小さな犬がいた。鳴きもしなければ逃げもしないで、座り込んでわたしを見上げていた。

飼いたいと言った。その時はただ、目の前に現れた小さくてふわふわしたかわいいもの、子どもだった自分の両手の中に納まるサイズのぬくもりに興奮して、絶対に飼いたい、何があってもどうしても、という気持ちだった。わたしの一時的な熱狂を見透かしたように母さんは反対したけど、ばあちゃんは「ええじゃないか」と言った。

わしも昔から犬が好きじゃったけど、戦争の後の食べもんがない時にな、近所に住んどった犬が飢えとんのは知っとったけどそのまま飢えさせてしもうてな、その後もずっと申し訳なくて飼えんかった。ここにこうしておるんじゃから、飼《こ》うたらええじゃないか。

ばあちゃんの口から戦争の話を聞いたのはこれが初めてのことだった。後になって母さんが「わたしも初めて聞いたんよ」と言っていた。なるべく話したくないらしかった。

戦争の時ってどうだったん、と水を向けても、ぼんやりとした目つきになって「あれは見えたけどな、広島の方が、光ったのは」と言ったきり、黙ってしまった。

ロクジロウは中華料理屋の名前をそのままもらった。中華料理屋ロクジロウは、ロクジロウが三歳になるより前に潰れてなくなってしまった。更地になった土地に何かできるんだろうかと思っていたけど、それから何年もほったらかしにされて、二十年以上経った今になって、ソーラー発電のパネルが並べられた。電気を作って売るらしい。田舎の土地はあちこち余っていて、最近は帰省する度に、ソーラーパネルが地面を占める割合が高くなってきている。

地元の町が好きかと聞かれると、好きではない。嫌いかと言われると、それに答えるのも難しい。田舎で生まれて田舎で育った。大学進学で東京に出てきた。それからはずっと東京にいる。

高校二年生の時、オープンキャンパスに参加するために初めて東京に行った。同級生十数人と一緒だった。電車もバスもほとんど乗ったことのないわたしたちの引率で、高校の先生が一緒に来てくれた。一泊二日で、都内の私立大学を四つまわった。

オープンキャンパスの受付で「先生が連れて来てくれるなんて珍しい。手厚いですねえ」と言われた。そう言われて周囲を見回す。高校生がいっぱいいた。みんな、手に大学名が印刷されたうちわと、配られた缶ジュースを持っていた。お祭りみたいな空気で、地元の祭りの何倍も人がいる。

「うちは田舎すぎてねえ、大人たちみんな、東京はこわいとこじゃけん、行きとうないって言うんですよ」と先生が大げさな口調で言うと、スタッフの人は「こわいところに行かなければこわくないですから、ぜひ、本学を受験してくださいね」と笑ってパンフレットをくれた。うちわとジュースも。

その大学に、受験して合格した。ばあちゃんは、何度も「東京やか」と言った。「女の子なのに」とも。父さんと母さんは大学進学を喜んでくれたけど「東京ねえ」と心配そうに言った。「気をつけないかんよ。悪い人がいっぱいおるよ」と繰り返した。大学近くの学生寮に入った。ベッドと机しかないような、とても人を泊められるような部屋ではなかったけど、両親は本当に泊まりに来なかった。東京観光に来たらと誘っても、東京はこわいわ、と言うだけだった。

東京に出たくて東京の大学を受験したわけじゃない。勉強が得意だったから、自分の学力で行ける中で一番偏差値の高い大学を受けただけだ。それは事実だったし、自分でもそう思っていたけど、そんなのは嘘で、もしかして東京に出たかっただけなのかなって思ったのは、大学三年生になって、就職活動を始めた時だった。自分はなんの仕事がしたいんだろうと考えた時に、正直なんでもいいな、やりたいことなんかないし、だけど田舎にはない仕事がいいな、と思った。

地元にいた頃から漠然と考えていたのは、体が元気な間は働きたい、自分でお金を稼いで、自分で生活したい、ということだった。なんの仕事、というイメージはなかった。見渡してみると、東京には仕事がたくさんある。大学を出た人の行く先が、役所と銀行と教員しかなかった地元とは、全然違う。

だからまず、役所と銀行と教員以外の仕事にしよう、と思った。田舎にない仕事にしよう、と決めた。やりたいことなんて別になかった。長く働けること、自分で稼いで生きていけること、田舎にない仕事をすること。それだけ。

就職情報サイトに登録したり、合同企業説明会に出かけたりして、いくつかの企業の試験を受けた。最終的には、ゼミの先生の紹介で面接を受けた、今の会社に入社を決めた。企業向けの人事管理システムを開発・販売しているIT企業で、オフィスは六本木《ろっぽんぎ》にあった。多国籍企業が入る複合ビルの十九階に、内定者として職場見学に行った。エレベーターが、耳が痛くなる速さで上へ昇っていった。

職場見学の途中でトイレに入った時に、窓から外が見えた。すぐ近くに東京タワーがあった。その日は晴れていたけど、空気がにごっているのか遠くの方はクリーム色に塗り潰されて見えた。田舎じゃこんなに高いところはないけど、低い場所からでももっと遠くまで、もっと澄んで見えたな、と思う。あの田舎の景色を美しく、懐かしく思う気持ちの裏で、あきてたんだよね、と綺麗な標準語で話す自分の声が聞こえた。

大手企業だけでなく中小企業にも幅広く顧客を持っていること、ＩＴ企業の中では創立が早くて二十五年になること、経営も安定していること――入社を決めたのは、内定をもらったいくつかの企業の中で一番条件がよかったから、というとそうなのかもしれない。だけどあの、トイレの窓から見たクリーム色に塗り潰された景色が、頭にはあって、わたしは自分の生まれた世界からかけ離れた場所に行きたいんだって思った。

会社が六本木にあるからといって、ワンルームの家賃が十万円以上もするような土地に住めるわけもなく、わたしは地下鉄で三十分ほど離れたところで部屋を借りた。八畳の台所兼リビングと、五畳の畳部屋。築三十年を超えていたけど、部屋の中はリフォームされていて綺麗だった。

窓を開けると、人ひとり立つのがやっとの狭いベランダから大通りが見下ろせた。昼も夜も車の音がうるさくて、窓を閉め切らないととても眠れない。こんなところじゃ、絶対犬なんて飼えないな、と思う。

郁也はわたしとは逆だった。東京で生まれて育った。無数の可能性が与えられた環境。

なのに、目指したのはわたしの地元にもある職業だった。

「小学校の先生になりたかったんだけど、採用試験に落ちちゃって。次の年に再挑戦しようと思ってたんだけど、バイトしてた塾から正社員にならないかって言われて、そのまま」

そうなんだ、と相槌を打ちながら、郁也っぽいなあと納得する。

わたしの育った町から通える距離には、大学はひとつもなかった。その町に住む全員が、高校を卒業する十八歳で、町を出るか出ないか、選択しなきゃいけなかった。出るとして、どこまで出て行くのかも。四国内の大学や専門学校なのか、海を渡って本州に行くのか、本州だとしても大阪なのか、東京なのか。

東京まで行ったとして、大学を出たら地元の町に戻るのか、戻らないのか。戻らないんだとしたら、縁もゆかりもない土地で、四年の間にどうやって人間関係を広げておくか。戻るんだとしたら、どうやって四年後に片づけられる人間関係だけを広げておくか。恋人なんて作ったって、四年後に地元に帰るんだとしたらどうするのか。連れて行く？自分に、そこまで他人の人生に関与する価値があるのか。自分の価値。そう、つきつめればそういうことだった。

もしわたしが東京に生まれて、東京で育っていたら、もっといろいろ、考えないで済んだんだろう。それに男だったら、人生に起こったひどいことのほとんどが、なくなる。時々、そんな風に考える。

＊

それじゃあ時々お茶でもしましょう、ということになって、LINEのIDを交換したものの、本当に連絡が来た時は「えー」と思った。連絡が来ないと思っていたわけではないから、驚くことではないのかもしれないけど、あ、ほんとに来たなあって。LINEでyukiさんから新着メッセージが一件。〈水名城《みなしろ》です。来週のどこかでお会いしませんか〉とある。その時になってわたしは、ミナシロさんが水名城さんと書くのだと知った。水名城ゆきさん。先に音で覚えたから漢字を知ってもぴんと来ない。ミナシロさん、とわたしは自分の頭の中ですらなぜか彼女をさん付けで呼んでいる。呼び捨てにしてしまいたいような気がするけど、人を呼び捨てにするのがあまり得意じゃない。よほど親しくならない限り、自分との距離感の違いに気持ちが悪くなる。〈水曜日以外であれば、十八時にはあがれると思います〉と返信してアイフォンの画面を消す。

水曜の夜は取引先の人と会うことになっている。都内の私立大学で、うちの会社の人事管理システムを使っている。長い付き合いのある大切な取引先のひとつだ。いつも対応してくれる高橋《たかはし》さんという担当者から、今度は管理職を連れて行きます、と連絡があった。

機械に強い人がほしいんです、と言われている。機械って。漠然としすぎている。そんなことを口にできるこの人たちには、本当に知識が全然ないんだろうなと思う。組織としては不安だし、だから外部から知識のある人間を引き込もうとしているのだろう。引き抜きのお誘いだった。

給料はあがりそうだ。休みはどうだろう。大学の仕事って、なんとなくきちんと休みが取れそうな気はする。悪くない話のような気がする。それに、大学の仕事は、地元にはない。

今の仕事は嫌いではないけど、丸七年勤めて、あきが来ている。よく言うと安定しているってことになるのかもしれない。知識と経験に支えられて、イレギュラーなことが発生してもよく対応できている。自分の手の内でまわせている安心と、こんなあきた気持ちで後三十年も働くのかなって考えた時の不安。

そろそろ変化があってもいいかもしれないなって、わたしは今キャリアデザインについて考えています、というふりを自分に向かってしているけど、実際のところは、これで一度人間関係をリセットできれば、子どもがいたって不自然じゃないな、とかそういうことを考え始めている。

それって、いいじゃないですか。ミナシロさんが言った。

わたしたちはまた駒込にいた。わたしの職場からもミナシロさんの職場からも近すぎず遠すぎずちょうどよかった。ドトールではなくて、駅から三分ほど歩いたところにある、喫茶店に入った。手作りシフォンケーキを売りにしている店だった。

「ヘッドハンティングってことでしょう？　能力が買われてないとそんな話、絶対に来ない。お金とかお休みとか、条件がよくなるなら転職すればいいじゃないですか。間橋さんて同い年ってことは三十歳でしょ。転職しやすい最後くらいの年齢じゃないですか。迷う必要あります？」

飲み物が運ばれてきた。店員からコーヒーを受け取る。ミナシロさんはオレンジジュースを飲んでいた。

「自分に最善のものを選ぶのなんて、当たり前のことじゃないですか？」

ミナシロさんと何の話をすべきなのか、分からないまま手近にあった転職の話をした。郁也以外の人にこの話をするのは初めてだった。

「これで一度人間関係をリセットできれば、子どもがいたって不自然じゃないなとは、思いました」ミナシロさんの方をうかがい「まだ、もらうとももらわないとも、言ってない話ですけど」と付け足す。

ミナシロさんが、後半は聞こえなかったかのように力強く頷く。

「わたしも、ちょうどそれを考えてました。都合がいいなって」

まだ熱いコーヒーに口をつける。

「間橋さんて、ご実家は四国の方でしたよね」

「ほんとに、なんでも話してるんですね、郁也」

「いえ、これはわたしが、間橋さんと会った後で田中くんに確認したんです。間橋さんのご実家はどちらにあるのかって」

「どうして」

「子どもを、もらったと言いますか？　それとも間橋さんが産んだって、言います？」

「どういう……」

ことですか、の部分は声にならなかった。しらじらしすぎると思ったから。そんなのは言われるまでもなく、考えていたことだった。

わたしに子どもができたら、家族は喜ぶ。あそこに連れて行こう、このおもちゃを買おうと次々にせわしなく、幸福になるだろう。ミナシロさんと初めて会った日、駅のトイレから出て少し泣き、電車に乗って帰る頃にはもう、頭の中にそういうことが浮かんでいた。

一度そう思ってしまうと、その考えはわたしを捉えて放さなくなった。ミナシロさんと会ってから毎日、わたしが考えているのは生まれてくる子どもの幸せではなくて、今生きている家族の幸福だ。母さん、父さん、ばあちゃん。ばあちゃんは、今施設に入っている。体のあちこちが悪い。後何年生きられるかねえ、と時々口にしている。

「言えばいいじゃないですか、子どもができたって。帰省しなきゃばれないですよ。最先端の無痛分娩《ぶんべん》で産みたいから東京の病院で産む、って言って。実際わたしそうするつもりですし」

ミナシロさんはもうオレンジジュースを飲み切っていて、グラスの中では半分ほど溶けた氷の水がうすいオレンジ色ににごっている。

「え、でも」

でも、と否定語を唱えながらも頭の中では「確かにそうだ。確かに」と激しい勢いで同意を重ねていた。家族の顔が順番に浮かんで、一人ずつ横一列に並ぶ。全員ににこにこしている。わたしが子どもだった頃に向けられていたような顔。長らく見ていない。

「しばらく帰省しないで、生まれてから、実はもう生まれたんだって言えばいいんです。間橋さんの病気のことはご存知なんでしょう？　病気のことがあって、無事に生まれるかどうか分からないって医者に言われてたから、心配かけたくなくて、生まれてから言うことにした。黙っててごめんねって話せばいい。びっくりするでしょうけど、許してくれますよ。そんなの全部、子どもが生まれたっていう喜びに押し退《の》けられて」

呪いみたいだ。そう思うのに、ミナシロさんから視線が逸《そ》らせない。

「ばれなくないですか、絶対」

その後、急に体調が悪くなった、と言ってミナシロさんはタクシーを呼んだ。つわりだと言った。夕方から夜にかけて、吐いたりだるくて動けなかったりするという。

ミナシロさんの青白いひたいに苦しげなしわが刻まれるのを見て、思わず「大丈夫？」と声をかけそうになる。言わないよう、注意した。しんどいのは本当だろうけど、これもまた彼女の許されようとする技術のひとつであるような気がしたから。

タクシーに乗り込むミナシロさんを見送って、一人喫茶店に残る。手を挙げて店員を呼び、オレンジジュースを頼む。喫茶店に入ると、ついコーヒーを注文してしまうけど、ミナシロさんがオレンジジュースを飲むのを見ていたら、すっぱそうな、明るい色の飲み物が、無性に飲みたくなった。

店員は手元のメモに注文を書きつけ「こちらはもうよろしいですか」と、一口分残ったコーヒーカップと、ミナシロさんの飲んだオレンジジュースのグラスを指す。

ミナシロさんの残していったオレンジジュースのグラスにはびっしりと水滴がついていて、溶けかけの氷の粒がたくさん浮かんでいるのは、見るからに冷たそうだった。わたしは「オレンジジュース、氷入れないでもらえますか」とお願いしておく。店内は肌寒く感じるほどクーラーがきいていた。窓の外を歩いている人たちは、息を吐くのもあつそうにしているのに。

「あなたのおしり、冷たいわね」

前回の検診の時にそう言われた。

大学の学生寮を出て今のマンションに引っ越した時に、病院も変えた。「婦人科　女医」で検索して、一番近くにある病院に行った。以来、何年も通っているけど、そんなことを言われたのは初めてだった。

いつもは慎重に女性器とその周辺にだけふれる先生の手が、開いたままの脚の付け根にある、おしりに添えられていた。いきなりのことにわたしは息を止めた。

先生の手がふれていたのは、一瞬のことだったと思う。けれど、診察台に乗って開脚しているわたしと先生との間にはカーテンがひかれていて、先生の動きが見えないので、突然の感触に頭が対応できなかった。診察の時はいちいち「じゃ、指入れますねー」「じゃ、超音波の棒入れますねー」「入らないから、ちょっと、拡張器使いますねーひやっとするよー」と声をかけてくれる先生が、突然おしりを触ったのは、だから、診察ではなかったんだろう。

　診察台から下りて下着をつけ、スカートをなでおろし、しきりの向こうで待つ先生のところに戻る。先生はおしりにふれたことなど忘れてしまったように、カルテを書いていた。しばらくの間、キーボードを叩《たた》く音だけが部屋に響く。わたしは机の上の、精巧にかかれた女性器の図を見ていた。

　先生がこちらに向き直り、いつも飲んでいる薬を継続すると告げ、わたしは礼を言って立ち上がった。その時先生が思い出したように「体をあったためないと」と付け加えて言った。「あんなおしりじゃ、ますます悪くなるよ」と。

　店員がオレンジジュースを運んでくる。

「飲み物もなるべくあたたかいものを飲んで。冷たいものはだめ」と先生は言っていたけど、あたたかい飲み物で体があたたまっている時間なんてたかが知れている。それ以外の時間は、わたしの体は、ずっと冷たい。

　郁也がミナシロさんにわたしの体のことをどういう風に説明しているのか分からない

けど、ミナシロさんの「どうせ子どももらうんでしょ」という前提を崩さない態度を見ていると、産めないと思われている気がする。産めないなら産めないで、そうと決まっているならいっそ楽かもしれなかった。

わたしにはまだ可能性がある。医療技術の進歩のおかげで、自然にできないことも科学では可能かもしれない。かもしれない。できるかもしれない。できないかもしれない。可能性にはお金がかかる。たくさん。それから精神力も、たくさん。結局だめだったって時にしょげないで生きていけるよう常に頭のどこかで諦めながら、辛抱強く挑戦し続けるタフさが、必要。その根底には選択した責任感が敷かれる。ああ、また、ここでも選択を迫られる。

氷抜きのオレンジジュースを飲みながら、さっきミナシロさんが話していたことを思い出す。どうして堕ろさないんですか、と聞いた時だった。

「中絶してくださいって言ってるんじゃ、ないですよ」

誤解されないように慌てて付け加えた。

「ただ、自分では育てないって決めてるなら、そういう方法もあるんじゃないかと思って」

「こないだも言いましたけど、単純に、こわいから嫌なんです。だって掻《か》き出すんでしょ？　一応、生きてるものを。人間じゃないって法律で決まっていて、堕ろせるわけだから、なんか感覚としては一応、って感じです。堕ろすのがこわいのは、その一応の命がかわいそうだからとかより、自分の体の中から掻き出されることと、そのことで自分が受けるショックが想像できるからです。身体感覚として、異物が入ってきて、出て行くわけでしょ、こわいです。……ひどいんですかね、この言い方って」

最後の一言は、わたしに聞いているというよりは、ため息の一種のようなものだった。

「妊娠して、堕ろすのはこわくて、そしたら産むしかないけど、子どもを持つ人生って自分にはしっくりこない。なら捨ててしまおうということなんですけど、施設に預けるとかはどうしていいか分からないし、それより、父親がいるんだからその人に任せようって、思ったわけです。わたしは子どもを育てないけど、産むわけだから、なんか、クリアした感じ」

「クリア？」

ミナシロさんがお腹に手をあてる。

「子ども産んでおいた方がいいのかなって、まあ、一度は考えますよね、女性はみんな。程度は違うし、口に出すか出さないかはありますけど。いつか産めなくなるわけだし、女にしか産めないし、人生一度限り、できることなら産んでみようかなどうなのかなって。考える、その感覚は、分かるんです。でもあれって、産むか産まないか、ですよね。子どもを持つか持たないかはまた別の話っていうか。子どもを持つだけなら、産めない人も、養子縁組で子どもを迎えることはできるわけだから、人生設計として子どもを持つ、持たないっていうこと以前に、産むか産まないかが、あるなって思うんです。体のこと、で、女だけのこと。自分は子どもほしくないなあって、ずっと思ってたのに、ずっと産むの産まないの問題が頭の中にあって、それが、わずらわしかったんです。でも今回ので、クリア」

二度と、考えなくて済みます。と、あのあっけらかんとした口調で言う。

「ミナシロさん、」

お腹にあてたままの、ミナシロさんの手を見る。

「ミナシロさんといる時、郁也は、子どもがほしいとか、そういう話ってしてましたか」

「してましたよ、いつも。子どもがほしいって」

その後でつわりが酷《ひど》くなったミナシロさんは、苦しそうな声で「こんなにしんどいことを、経験しなくちゃいけないんだから、クリアしたことにしてもらわないと割に合わない」とも言っていた。

喫茶店を出て地下鉄に向かう。改札を入ったところで、男の人にぶつかられた。スーツを着た、父さんと同い年くらいのサラリーマンが、ちぃっと唾液が飛んできそうなくらい大きな舌打ちをして足早に去って行った。わざとぶつかってきたな今の人、と思う。時々こういうことがある。わたしが女だからだろう。女で、大人しそうな顔で、地味な服装をしているから。周りの人たちがちらっとこっちを見たけど誰も何も言わない。わたしも立ち止まらないでホームに向かう。電車に乗り込む。真っ暗な地下道をごとごと進んで行く。景色がないのに窓がある。ひたすらに暗い壁が過ぎていくのを見つめる。窓ガラスには自分の顔が映っていて、自分の顔越しに暗い壁を見ているせいか、目や鼻がすり減っていくような感じがした。

田舎にはいなかったな、わざとぶつかってくる人は。道が広くて人間が少ないから、ぶつかりようがないっていうのもある。もし、今ぶつかってきたサラリーマンみたいな人が地元に住んでいたら、別の形でフラストレーションを解消しようとするのかもしれない。

かわいそうに。かわいそうにねえ。

おじさんの声が頭の中に浮かぶ。ストレスのはけ口にされるのはいつだって女だ、と思ってしまうのはわたしが女だからなのか。見知らぬ他人に不快な気持ちをぶつけられる場面が、定期的にやってくるのは、女だからじゃないのか。むかつく。むかつく、こんな街で、こんな世界で、よく子どもなんて産もうって、思えるな、みんな。

かわいそうだと、思わないのかな。傷ついたり嫌な思いをしたりするのが、目に見えているのに。子どもを産みたいとか子どもを持ちたいとかいう、自分の希望を優先するんだろうな。

最寄《もよ》り駅に着いて、電車を降りる。コンビニでお弁当と缶ビールを買って、マンションに帰る。少し離れたところから五階にある自分の部屋を見上げるのが癖になっている。郁也が先に帰っていれば、部屋の灯《あか》りがついている。今日は、まだ暗いままだった。二本買ったビールのうち、一本は冷蔵庫に入れる。

ミナシロさんと初めて会って、駅で少し泣いてから家に帰った日、見上げた部屋には灯りがついていた。扉を開くとすぐに「おかえり」という声がした。

最初にストッキングを脱いで、それから服も全部脱いで、ユニクロのワンピースを頭からかぶる。手を洗って、化粧も落とす。おでこに張りついた前髪を、タオルでぐしゃぐしゃにして乾かす。コンタクトレンズを外して眼鏡《めがね》をかけて、二歩進む間に焦点を合わせて、冷蔵庫から缶ビールを取り出す。冷たさが喉を駆け抜けてお腹に落ちていく。

ビール、ミナシロさんは飲めないんだな、と思う。思って、そうか、きっとこれから毎日、毎日、こういう風に思うんだろうな、と確信した。

ミナシロさんだったらできない、ミナシロさんはこうする、ミナシロさんは、って。それって、どうだろう、わたしが女だから考えることなのか。郁也は父親になるけど、子どもがこの世界に生まれてくるまで毎日毎日、ミナシロさんだったらこう、って考えるのは郁也じゃなくてわたしの方のような気がする。

郁也はわたしがあれこれを済ませてビールを飲み始めるまでずっと、わたしを見ていた。ビールを一口飲んだきり動きを止めたわたしに何を思ったのか、

「ごめん、傷つけたよねごめん」

そう言いながら手にふれようとしてきたので、体ごと退《ひ》いてよけた。

郁也は謝る時いつもわたしにふれようとする。これまでは、ゴミ捨て頼まれてたのに忘れちゃった、みたいな小さなことだったから、別にそれでよかった。だけど今回みたいな、大きなことでも同じ謝り方をしようとするのか。思わず眉が寄り、それを見た郁也が慌てたように短い息を吐いた。伸ばした手が行き場を失って上がったり下がったりしている。浮気ではない、とそればかり繰り返して言うので、だんだんうんざりする。

ミナシロさんが大学の同級生で、学科は違うけど語学のクラスが一緒だったこと。付

き合ったことも、付き合おうという話をしたこともなく、ただ体の関係だけがあったこと、お金を払っていたこと。

「お金って」

「だから気持ちとしては、本当に、浮気じゃないっていうか」

いや、浮気がどうってことより、郁也がお金で女の人を買っているっていうところに引っかかっているんだけど。

わたしの沈黙にあせって、郁也はぺらぺらと話し続けている。話なら駅のホームを四往復する間に散々聞いたのに、まだこんなに話すことがあったのかと思う。

「働き始めてしばらく経った頃に、久しぶりにみんなで飲もうってことになって、その、語学クラスのメンバーで。大学時代も年に二回とかそういうペースで飲んでて、卒業してからも続く飲み会だとは思ってなかったけど、みんなの近況も知りたかったし参加して、そしたらミナシロさんがたまたま隣の席で、その時にミナシロさんから家に来ないかって誘われてそういうことになって、でも別に付き合うとかじゃないからっていうのはミナシロさんに言われて、二回目以降来るならお金払ってねって言われて、その時はなんだそれって思ったけどなんか、それから、語学メンバーの飲みがあったらその後ミナシロさんちに行くみたいな流れができて、だからもう年に一回とかだけなんだけど」

ミナシロさんの方から、というところを殊更《ことさら》強調して話す郁也を見ていると、かなしい気持ちになった。この人はどうして必死にわたしの気持ちを引き留めようとしてるんだろう。仲良く過ごしてはきたけど、セックスはしてなかった。わたしが好きだって言うけど、どうしてだか分からない。ただいきなり降りかかったこと、自分が父親になるっていうことに戸惑って、あせって、そのあせりをわたしを失うかもしれないあせりに、読み違えてるだけなんじゃないの。

いつの間にか郁也は泣き出していた。もしかしたらわたしにも泣いてほしいと思ってるのかもしれないなと思ったら、余計に心の中がさむざむとして乾いた。駅に一人でいた時にはわいてきた涙が、今度は全然出てこなかった。それでもかなしいと思っていた。だから「かなしい」と、それだけ言った。

ごめん、傷つけたよねごめん。と、郁也は言った。傷ついているのは、わたしではなく彼の方であるように思えた。ミナシロさんは今どうしてるだろう、とふと考えた。ミナシロさんのことを考える時、ミナシロさんのお腹の中にいる子どものことも一緒に思い浮かぶ。郁也を見る。細くて肉のついてない肩、腕、お腹。彼の体の中には子どもも、それ以外のものもなにも入ってない。だからこんな風に体を震わせて泣ける。そんな風に思った。

「ねえ」

わたしは郁也に尋ねる。

「お金って、いくら払ってたの？　一回あたり」

「……一万円」

泣き声のまま郁也が答える。

今わたしの財布っていくら入ってたっけ。二万円くらいかな。月収は三十万円くらいある。三十倍。ボーナスを合わせた年収はだいたい五百万円くらい。五百倍。高校生の時のお小遣いは月五千円だった。半分。ばあちゃんがくれるお年玉は一万円だった。同じ。ひと月の携帯電話使用料が八千円。近い。婦人科で一度にもらえる薬が三か月分で七千八百円。これも、近い。

「高いんだか安いんだか、分からないね、それ」

郁也は何も答えなかった。責められるのを待っているようにも見えたし、わたしが責めないことを知っているようにも見えた。

＊

赤ちゃんと犬の写真が手から手へまわされる。

笹本《ささもと》さんにアイフォンを返して、「かわいいですね」、とこれは心底から思って言う。かわいい、わんちゃん。黒くてつやつやした毛の大型犬。ラブラドールレトリバーかな。名前はなんていうんだろう。女の子だろうか、男の子だろうか。飼い主の腕に抱かれた赤ちゃんを見つめるやわらかいまなざし。困ったような形に盛り上がったまゆげの下の肉。濡《ぬ》れた鼻をそっと近づけて見せるしぐさ。注ぎ込むような、優しさ、愛、慈しみ。

「ほんと、かわいい。お名前は？」

「ミサキっていうんです。海が咲くって書いて海咲《みさき》」

目がかわいい、鼻がかわいい、くちびるがぷるんぷるんで、腕もぷにぷにで、足もふわふわで、えーと耳の形もきれいで、それを言うなら頭の形だってきれいよね――奪い合うように口々にほめて、いよいよ残された部位がなかったわたしは名前をほめた。海が咲くって書いてミサキちゃんだなんて、初めて聞きました。きれいな名前。

笹本さんがぱっと顔をあげてわたしを見る。ありがとう、すっごく悩んだの。そう言ってほほえむ笹本さんが、本当に喜んでいるように見えて、内心おそろしいくらいにうろたえてしまった。

友だちの赤ちゃんにすら、こんなに全然興味がわかないのって、もしかして心が冷たい証拠なのかな、と思い、思ったそばからばかばかしい、と思い直す。

ほんと素敵な名前よねー、とみんながまた口々にほめそやす。その声と声との間に紛れ込むようにして、わたしは顔を伏せた。目も鼻も口も腕も足も耳も頭もかわいい海咲ちゃんの顔は、もう思い出せなかった。笹本さんの手に握られたままのアイフォンの画面は黒くなっている。その黒よりもっと黒かった、海咲ちゃんの隣に写っていた犬。かわいいあの子のことを、誰も聞かない。子どもより犬がかわいい。

無条件に子どもが好きな人、というのが一定数いる。街を歩く子どもを見てかわいいと思い、電車やバスで隣に乗り合わせた子どもにほほえみかけ、その親の見ていないところで小さく手を振ってみせるような人が。

自分もそういう人間だったら、楽だったろうと思う。子どもが好きで、赤ちゃんを愛《いと》おしいと当然のように感じ、大人になったら絶対に子どもがほしいと、自分が子どもの頃から思い続け、社会に出たばかりの頃からそわそわとし、二十代の間には実際に行動に移すことができる人だったら。たとえ今と同じ体の状況だったとしても、悩む方向が、なんというか、世間と足並みが揃《そろ》えられるって楽ちんじゃないか。

笹本さんを囲んで、いつの間にか話題はベビーフードやベビー服のことに移っている。全然分からないから、笑顔を張りつけたまま適当に頷いておく。

わたしにも子どもがいれば、笹本さんとずっと友だちでいられるかもしれない。郁也ともずっと一緒にいられて、地元の両親は孫ができて喜ぶ。子どもがいるだけで、世界が急にシンプルで優しいものになる。

相談するなら笹本さんかな、と思って連絡をした。彼氏が他の女の人との間に子どもを作ってしまって、それをあげるって言われてるんですけど、どう思いますか？　っていう相談。ばかばかしい、って笑い飛ばしてほしかった。笹本さんなら大笑いした後で、それで間橋は本当はどうしたいの？　って真剣な顔で聞いてくれるような気がした。

笹本さんは職場の先輩だ。課長にかわいがられていて、毎日のように二人でランチを食べに行く。二人が出て行った後で、同じ部屋にいる人たちは、堂々とした不倫だねー、課長のとこお子さんまだ小さいのにねー、と囁き合う。多分二人にも聞こえてるけど、気にしてないみたいに見えた。

ある日、課長が「たまには間橋も一緒にどうだ」とわたしにも声をかけ、笹本さんと三人でとんかつ屋に行った。カウンター席しかなくて、メニュー表もなくて、座ると白米とみそ汁と何も載っていないお皿が出てくる。カウンターの前で揚げられたとんかつを、揚げあがってすぐにお皿に載せてくれるお店だった。

口の中を軽くやけどするくらい熱くて、分厚いとんかつは、多分、これまでに食べたとんかつの中で一番おいしい。職場の近くにこんな店があるなんて、入社して何年も経つのに全く知らなかった。課長と笹本さんはそういうお店をたくさん知っていた。

そのうち、ランチだけじゃなくて仕事帰りに飲みに行くようになった。笹本さんとわたしの二人だけで。笹本さんが連れて行ってくれるお店はどこも料理がおいしくて、とんかつ、たこ焼き、てんぷら、釜揚げうどん、リゾット、野菜しか入っていない鍋、といった一品にこだわりのある店ばかりだった。どのお店も大きな通りを二本から五本くらい奥へ入ったところにひっそりとあった。こういうお店を知っている人が、東京に暮らしてる人なんだろう。

笹本さんがどうしてわたしと親しくしてくれるのか分からなかった。最初に課長と三人でとんかつを食べに行った時に、噂《うわさ》どおり二人が恋愛関係にあることには気付いた。交わされる視線やちょっとした仕草で。そのことをわざわざ口に出さなかったのがよかったんだろうか。

そんな風に予想していたら、飲みに誘われるようになって半年が過ぎた頃、唐突に「会社の飲み会に遅れて行った時に、わたしと課長が不倫してるって話で盛り上がってるのが聞こえてきて、さすがに中に入れなくて様子をうかがってたら、間橋だけすっごい興味なさそうに、店員さんにおすすめの日本酒を聞いてたから、いい子なのかもと思った」と告白された。

なるほど、と腑に落ちると同時に安心した。やっぱりここにも理由があった。それ以来、わたしは笹本さんとうまく友情を築いている。笹本さんは、秘密を打ち明けるというよりは、愚痴をこぼすような調子で、課長のことは好きだけど奥さんと別れてほしいわけではないことや、不倫は職場のだいたいの人に知られているだろうけど真面目に仕事をやっている間は悪い目にはあわない風土だから安心だ、ということを話した。冷静で、割り切ってるな、と思っていた。

「子どもができてね」

と笹本さんに聞かされたのは、ランチで行ったハンバーグのお店でのことだった。そういえば店員さんに「レアが苦手なのでよく焼いてください」と言っていた。数か月前にレアのステーキを二人で食べに行ったことがあったから、変だなと思ったんだった。

「父親は、課長ですか？」

「そりゃあさすがにそうだよ。離婚はしないけど、認知はするって。一人で育てるよ」

さらりと言う。数か月後に子どもが生まれて、笹本さんは一年間の育児休業に入った。休みに入るまで、ほとんど毎日一緒にランチを食べに行った。課長はいいんですか、と聞いたけど「いいの」と言って一度も声をかけなかった。夜に出歩くことはなくなった。当たり前だし仕方のないことなのに、レアのステーキをナイフで美しく切って口に運ぶ笹本さんの顔が何度も浮かんでさみしくなった。肉にはこれだよねって言って赤ワインのボトルを掲げて見せていたことも、思い出した。

わたしは友だちがいないな、と思う。中学までの友だちとは高校が離れたら会わなくなった。高校の友だちは、大学が離れたら会わなくなったし、大学の友だちは、仕事を始めたら会わなくなった。別に絶縁したわけではない。SNSでお互いの近況は知っている。結婚したとか子どもを産んだとかいう連絡も来る。近々会いたいねー、と言い合って、だけど本当に会おうよとはならない。

笹本さんから〈生まれたよー〉とくしゃくしゃのサルみたいな赤ちゃんの写真が送られてきて、わたしは赤ちゃん用のくつしたを百貨店で買って送った。忙しそうで、会いに行ったり、会いたいと言ったりしていいのか、分からなかった。だけど、

〈笹本さん、久しぶりに会えないですか？〉

とメッセージを送ったら、返信はすぐに来た。

〈わたしも会いたい！　ちょうど、職場に顔出さなきゃって思ってたんだ〉

二人で会いたいって意味だったんだけどな、と思いながら〈うれしいです〉と返信し

た。二人で話せるタイミングもあるだろう、と思っていた。

けれど実際には、海咲ちゃんの写真を見ながらきゃあきゃあ言うだけの集まりになってしまった。なんだみんな、笹本さんとランチに行ったことなんて、ないくせに。業務時間中に堂々と仕事をさぼれるいい口実にしている。どうせ笹本さんが帰ったら「あれって課長の子でしょー？　よく顔出せたよねー」って、言うくせに。「わたしだったら絶対仕事辞めるけどなー」って。仕事辞めたら、お金なくなって、そうしたら、子どもだって育てられないのに。

笹本さんは、まだ赤ちゃん用の肌着はどのお店のがいいとかそんな話をしている。会話には入れないけど、席に戻ることもできなくて「写真、もう一回見せてくださいよー」と言って笹本さんのアイフォンを受け取る。海咲ちゃんを眺めるのにもとっくにあきてしまった。あきた感じを出すことはできないので「やっぱりかわいいなあ」と繰り返し言ってごまかす。

ちょっとだけ、二人で話したい。と、言い出せないまま、

「そろそろ帰るね。電車が混む前に海咲を迎えに行かなきゃ」

と言って笹本さんが手を振る。

「笹本さん、ちょっと待ってください」

思いついて、とっさに呼び止める。

「さっきの、写真に写ってた黒いわんちゃんは？」

「え？」

「いや、かわいいな、と思って……」

「実家で飼ってる犬だよ。出産してからしばらく、実家にいたから」

それじゃあね、と言って行ってしまう。

「課長の車で送ってもらえばいいのにね」

笹本さんの背中が見えているうちから、案の定そんな声が聞こえる。わたしは何も聞こえなかったふりをして、自席に戻って仕事を再開する。

みんなに囲まれてなくても、笹本さんには何も言えなかったかもしれない。子どもがかわいくて仕方ないみたいだった。課長と結婚できなくても、陰口を叩かれるって知っていても、子どもがほしかったんだ、子どもを産みたかったんだ、と今更気付く。子どもをもらうかもしれないって言ったら、軽蔑されるかもしれない。お腹がぎゅっとなる。

本当は、転職するかもしれないっていう話もしたかった。大学の仕事を始めるかもしれないって。だから来年、笹本さんの育休が明けて復帰してきた時には、ここにわたしはいないかもしれません。でもまたランチ行きましょう。お酒も生ものも食べられなくてもいいから。

ってわたしが言っても、笹本さんの方が嫌がるかもしれない。だってわたし、赤ちゃんの服とかおもちゃの話できないから。

居場所が変わる度に、友だちも一新されてきた。どの人も、共通のなにか話すことがあるから、わたしと友だちでいるんだと思った。クラスが同じとか、部活が同じとか、ゼミが同じとか。なんにも共通する所属がなくなった後で、それでもわたしと会いたいと思う人なんていないいって、思う。

ミナシロさんは、友だちが多そう。そんなことを思いついて、余計に暗い気持ちになる。

「子どもがほしいのと、子どもがいる人生がほしいのは、同じことだって思う？」

ふいにそんな言葉が頭の中で聞こえる。笹本さんの声で聞こえた。

わたしが転職したら、笹本さんとももう会わないのかもしれない。なんて考えながら、パソコンにデータを打ち込んでいく。

定例会議の後で時間を割いて、高橋さんが大学の仕事について詳しく話をしてくれた。

大学というと、自分が通っていた頃には、学部事務室と、奨学金の申請をしていた学生サポート課くらいしか関わったことがなかったけど、ひとつの組織として当然、人事課や経理課や広報課もあるらしい。そういう部署を法人系、学部事務室や学生サポート課みたいな、大学っぽい仕事をする部署を教学系、と呼び分けるのだということを知った。わたしが誘われているのは法人系の、情報システム課という部署の仕事で、履修登録や成績発表をする大学独自のシステム開発と運用、大学内の情報機器の整備が主な仕事だという。高橋さんの所属も、情報システム課だ。

「ぼく、大学は文学部で、歴史学専攻だったんですよ。あ、ここの大学の出身です。この部署に配属されたものの、機械とか全然分からなくって。なるべく調べたり、間橋さんたちみたいな業者の人に聞いたりして、勉強はしてるんですけど」

高橋さんが、困っちゃいましてねえ、と言って笑う。

「今は留学生も増えて、帰省先で授業を受けたり教員と面談をしたり、システムを介して入学試験の面接を受けたりすることもあって、結構重要なんです。黒板もほとんど電子黒板に替えられているし、レジュメも紙じゃなくてデータで配信して、後数年の間には、大学生全員がタブレットを持って授業を受けるようになるでしょうね。ノートは絶滅です」

ついこの間まで自分も大学生だったような気がしていたけど、考えてみると卒業してから七年も経っているのだった。それにしたって、七年でこんなに大きく変わるものなんだな、と驚く。

「大学はどんどんIT化を求められていて、それに職員のスキルが追いついてないんです。なので、間橋さんみたいな人に来てほしくって。他にも数人、他社の方に声をかけてます。今度の春に三人は入れたい」

高橋さんは、会議中よりも今の方がいきいきして見えた。それにしても随分正直に話してくれる人だなあと、人の好《よ》さそうな丸顔を見て思う。少し考えさせてください、と言いながら、頭の中では新しい職場で働く自分を思い浮かべ始めていた。

マウスをクリックして、明日の会議資料を呼び出し、印刷ボタンをクリックする。立ち上がり、入口横にあるプリンターに取りに行きながら、部署内を見渡した。派遣職員を入れて二十人いる。みんな黙ってパソコンに向かっている。みんな、つまんないと思ってるけど、毎日さぼらないで働いている。わたしも、七年間も。

プリンターから会議資料を抜き取って、自席に戻る。カラー刷りの図表が並ぶ資料を眺めて、ため息が出た。周りに聞こえないように、口を薄く開けて音を逃がす。

ＩＴ企業でペーパーレスだと言っても、結局外部に出す資料はこうやって紙で作る。取引先がＩＴに強い会社とは限らないから。社内資料はどれもパソコンかタブレットで閲覧することを前提に作られていて、印刷して配ると見にくい部分がある。それで、こうして印刷用に手直しする作業が発生する。二度手間だなあ、とまたため息が出る。

入社したばかりの頃は、二度手間だろうとなんだろうと、それが仕事であればよかった。仕事をしている、働いていることが大切だったから。

仕事をしてお金を稼いで生活している。自立している。それはわたしが目指したところだったはずだ。だけど、このままでいいのかなって、考えてしまう。仕事をしてお金を稼いで生活している、だけだな、って。もっと没頭できる仕事だったら、こんなこと考えないんだろうか。それともどんな仕事をしたって、なにかが足りないって、やっぱり感じるんだろうか。

席を立った時に股に違和感があって、トイレに向かう。トイレの窓からはいつもと変わらず東京タワーが見えている。その赤色が今日は不快だった。パンツを下ろすと、案の定血がついていた。またか。いいかげんにして。舌打ちが漏れる。薬を飲んでいるから、血はさらっとしている。生理が始まる前みたいにおりものに血が混じるんじゃなくて、いきなりストレートに血が出る。出たばかりの血は真っ赤だ。さらっとしているので、パンツの外まで染みてしまっている。

昨日までは嫌な予感がしておりものシートをつけていたのに、今日はつけ忘れていた。嫌な予感、なんて自分の都合の悪いようにしか働かない。グレーのパンツに赤い染み。乾けば黒に近い茶色になるだろう。手洗いで取れるだろうか。よく見るとスカートの内側も少し汚れてしまっている。自分の中にいらいらが澱《おり》のように溜まっていくのが分かる。はやく混ぜなきゃ。

仕事から帰ってすぐパンツを脱いで手洗いする。この時が一番むなしい。さびくさいにおいがする。そうしている間にも、新しい血がナプキンに吸い込まれていく感覚がする。

駒込駅前のドトールに入る。ミナシロさんは先に来ていて、オレンジジュースを飲みながら、アイフォンをいじっていた。わたしはコーヒーを飲む。

「そういえば言っておかないと、と思って。うちの家系の病歴。わたしは特に何も。父母も今のところ大きな病気はしてません。母方の祖父母は腰痛持ちとちょっと肥満体質。父方の祖母は元気で病気もなし、祖父の方がすい臓がんで亡くなりました。そのくらいかなあ」

「そうですか」

「田中くんにも伝えてるんですけど、一応。他に、言っておくことあったかな。あ、犯罪歴とかもないですから安心してください。親戚みんな、普通のサラリーマンとかＯＬとか主婦とかです」

「はあ」

「大事なことだと思うから、聞いておいた方がいいですよ。後から揉めるの嫌だし。……あの、わたしからもひとつ、聞いていいですか？」

「なんですか？」

ミナシロさんが声をひそめる。

「間橋さんがエッチしないのって、なんでなんですか？」

エッチ、という言葉に一瞬ここがどこか分からなくなった。ドトールだ、ドトール。昼間のドトールだ。

「エッチってなんか、久しぶりに聞きました」

セックス、というよりずっと感情がこもった言葉に聞こえる。

「え、言いません？」

「いつ？」思わず笑ってしまう。「誰と話す時に、言います？」

「えー言わないかなあ。友だちとかと、なんかてきとーに話す時とかに」

「ミナシロさんは、友だちが多そう」

二人じゃなくて四人とか五人とかで集まって、きゃあきゃあおしゃべりしているところが容易に思い浮かぶ。

「なら、性行為、でもいいです。真面目な感じ出すなら。なんで、田中くんとしないんですか？　病気だからって別にできないわけじゃないんでしょう？　それともやっぱり痛いんですか」

顔は笑ったままで、内心、この人はわたしが殴らないからって怒ってもいないと勘違いしてるのかなあ、と考える。

「よく聞けますね」

ちくっと言ってみる。感心しているような言い方になってしまった。

ミナシロさんは答えず、目で先を促している。

「別に、病気だからどうとかでは、ないですよ。郁也だからでもない。これまでに付き合った他の人とも、しなくなりました。付き合い始めの頃は、普通のカップルみたいな頻度でするんですけどね、三か月とか四か月で、嫌になる」

「嫌になるんですか」

「なんていうか、例えば、わたし昼休みはだいたい職場の自分の席で、コンビニのお弁当とかパンとか食べながら、パソコンをいじってるんですけど、ヤフーニュースを開いて眺めてたら、記事のアクセスランキングなんかに、だいたい毎日、どこかで女性が性暴力にあったって報じてるんですよね。そういうの見ると、あ、気持ち悪いな、って思って、気分の問題じゃなくて本当に気持ちが悪くなって、その時食べてるパンとか、飲み込めなくなって、ティッシュに吐き出しちゃうんですよね」

「気持ちは、分からなくもないですけど、それって別に」

「うん、まあ、分かってはいるんです、わたしも、男の人みんながそうじゃないって」

そう、分かってる。暴力の正反対にあるセックスもあるんだって。愛し合っている二人が愛を確かめたり深めたりするための優しいセックスがあるんだって。

「それとこれとは違うって、分かってるんですけど」

そのセックスとこのセックスは違う。でも、何が違うんだろう。

動きがゆっくりで優しいとか、嫌がったらすぐに止めてくれるとか、好きだよと言いながらやるだとか、行為を終えた後も優しいだとか、そういうことかな。でも、それでも受け入れたくなかったら、どうしたらいい。

気持ちよくってたまらないといったあの息遣い。耳にかかる生あったかい息。普段自然に暮らしていたら決して他人の手がふれることなんてない場所に置かれた手。それが全部しんどかったら。

どうしたら、愛していることが証明できるんだろう。ロクジロウを愛していると確信する気持ちと同じ強さで、きちんと、郁也を愛しているということを、セックスを手放した後でも、それ以前と同じだけ優しいままの彼に。郁也に対しても、自分に対しても。

「なんか、エッチしないで、付き合い続けてるって、田中くんすごいですね」

ミナシロさんが言う。口調から、ばかにしてるんじゃなくて、本当にそう思っていることが分かった。なんでだろうって思っていることも。わたしも、同じ気持ちだから分かる。

「そんな関係が続けられる男の人が、いるのかな。いるなら、見てみたいっていうか、わたしにも教えてほしいな、ちゃんといたよって。なんか、救われそう」

と言ったのは、笹本さんだった。実はセックスしないんですよね彼氏と、と話した時だった。何気ない飲みの席での会話の中に混ぜて、ちょっとした告白みたいな気持ちで、そういう話をした。

「間橋と郁也くんの関係が続くことを、わたしも祈ってるよ」

そう言われた。

したくなっても、それを口に出せないで我慢してしていた頃のわたしは、膣の奥に男性器でしか押せないスイッチがあるように思っていて、そのスイッチを押すことができれば、お互い言葉で説明し合わなくたって、愛していることが伝わるようになると信じていた。でもそんなところにスイッチはない。

郁也はわたしのことを好きだと言うけど、セックスもしないのにどうして、とやっぱり思う。ミナシロさんとこんな風になってもまだ、わたしといたいって言うのはなんでかなって、深く考えたくない。考えると、思い当たってしまうから。もしかして逆なんじゃないの、って。セックスができなくてもいいからわたしといたいんじゃなくて、セックスができないから、卵巣の病気があるから、わたしがかわいそうだから、わたしといるんじゃないの、って。セックスをする、しないじゃなくて。郁也はわたしの体のどこも悪くなくて、セックスだって自然と求められていたら、こんな風にずっとわたしと一緒にいたいと思わなかったんじゃないかなって。

そして、わたしが郁也と付き合い続けているのも、郁也が考えていることを分かっていて、だから離れられないんじゃないかって、思ってしまう。確かに好きだと感じているのに、わたしちゃんと郁也が好きだって、分かっているつもりなのに、考え出すとどんどん、曇った気持ちになる。だからあんまり、深く考えたくない。代わりに、ロクジロウの硬くてしゃらしゃらした背中の毛の感触を思い出すようにする。大丈夫。同じはず。同じ気持ちのはず。

やっぱり分かんない、と前置きして、

「わたしは好きだけどなあ、エッチ」

妙に真剣な声で、ミナシロさんが言う。

「お金ももらえるし？」

嫌味で言ったのに、そうなんですよね、と大真面目な顔で頷かれてしまう。

「ミナシロさんって、男の人たちからもらったお金どうしてるんですか。何に使ってるの」

「えー別に、飲みに行ったり買物したりする時に、普通に使ってました。何かのためのお金じゃないから。いつもよりちょっとだけおいしいものを食べたり、きれいなものを買ったり」

でももうお金もらってそういうことはしないかも。ミナシロさんが言う。

「これが、子どもを作るための行為だって、忘れてたんですよね。知らなかったっていうか。知識としてはあったけど、本当には知らなかったんだなって。だって、子どもを作るためにエッチしようって考えたことなかったし。気持ちよくなったり、お金をもらったりするための行為だったから、同じことして、まさか子どもができるなんて思わなかった。変かな。変ですよね。言ってることおかしい……でも、自分がやってるエッチで、子どもができるとは、本当に思わなかったんですよね……」

ミナシロさんのお腹はまだあんまり目立たない。妊娠を知っている人が見たら、そういえばそうかな、って思うくらい。ぺったんこではないけど、出てるなって感じでもない。だけどあの中にいるんだ。

またそのうち会いましょう、と言ってミナシロさんと別れる。だけど話すべきことはだいたい、話してしまったような気がする。会わないと嫌いになっちゃうからってミナシロさんは言うけど、どうかな。よく会ってたって嫌いな人は嫌いだし、全然会わなくたって好きな人は好きだ。

わたしはミナシロさんが嫌いじゃない。むかつくな、とは思う。郁也との関係を考えると、かなしくもなる。でも嫌いとは何か違う。

わたしが郁也に愛情を伝えたいなら、一番単純なのは「あなたを愛しているから結婚して、セックスをして、子どもを産んで、二人で大切に育てていきましょう」なんだろうな。その一番シンプルで建設的で愛に満ち溢《あふ》れている方法が、選べないから、わたしはなんとなく立ち止まったままになってるんだな。

郁也とセックスをしなくなる少し前から、わたしはもうそれが嫌になっていて、だけど求められればしたし、求めやすいように隙を見せるようにもしていた。まだできはするな、という感じだった。

その日はお互い仕事が忙しくて会えなかった中で、二週間ぶりに会えた日でもあった。郁也がわたしの部屋に来たのは日付が変わるのと同じくらいだったけど、翌日は夕方まで予定がなかった。インターフォンが鳴る前から、エレベーターが稼働している気配で郁也が来たことに気付いていていた。古いマンション。だから音を立てないように気をつけなくちゃ。ドアを開けて郁也を迎え入れる前から、今日はセックスをするだろうなと覚悟していた。そう、覚悟というのが正しい。承知するでも、察知するでも、予感するでもなく、覚悟という言葉が正しい。観念する、でもいいかもしれない。もう、諦めるようなやり方でしか、わたしはセックスを受け入れられていなかった。

「そういうのが、分かったよ」

と、郁也は後になって言った。

「薫がおれや男たちの性欲について感じていることや考えていることを、残念ながらおれも否定してあげることができない。ひどいものだって思ってるんでしょ？　なら、おれが薫に向き合うには、セックスを手放すしかないんだと思う」

「郁也、そんなこと、できる?」

「やってみるしかない。薫のことが好きだから」

好き、という言葉を郁也はわりと頻繁に使った。そして「とうとう来たか」と受け入れた。わたしは本当のところでは、セックスによって幸せになる人がいることを理解しながらも、気付かないふりをした。

わたしたちがセックスを放棄した恋人なのだということも、そのうち忘れていた。そのくらい自然に、わたしの意識と生活の中から性行為は消え去った。わたしの女性器は血を吐き出すところであって、郁也を受け入れる場所ではなかった。「それって平気なわけなくない、男の方がさ」と人に言われても「でも郁也は大丈夫そう」と言い返し、実際本気でそう思っているところがあった。

だからミナシロさんから、郁也がミナシロさんには子どもがほしいと話していたと聞いた時には、なんだかひどい秘密を隠されていたような、裏切られたような気持ちになった。

わたしには黙ってたんだね。

ずっと黙って、秘密にしておけばいいと思ってたんだね。

頭の中に、郁也をなじる言葉が浮かぶ。彼が、わたしの病気のことを考えて子どもの話をしなかったこと、その気持ちを隠してでもわたしと付き合っていたかったことは、彼の愛情に違いなかった。

だけどお金を渡して性行為をする相手であるミナシロさんに、子どもがほしいという本心を伝えて、セックスをすること。それはなんだか、ただ快楽を得るための行為以上の意味を持つような気がした。そうして、本当に子どもはできたわけだし。

「ひどく酔っていて、正直ちゃんと覚えてない。ただ、そういうことをしたっていうのは覚えてる。どうしてそんなことをしてしまったのか、っていう細かなところは覚えてないんだけど」

その日のことを、郁也はそう説明した。初めてミナシロさんと会った日の夜だった。そういうこと、そんなこと、というのはつまり、避妊しないでセックスした、ってことだろう。

ミナシロさんの話も似たようなものだった。

「二人ともべろんべろんに酔ってて、やる時に一瞬、あ、やばいゴムつけてないや、っていうのは頭をよぎったけど、一回やり出しちゃった後は、もういいややっちゃえーってなっちゃって」

駒込駅前のドトール。オレンジジュースのグラスを置いて、

「やらかしちゃったなあ、って思います」

そう言うミナシロさんは神妙な顔をしていた。ばかにしてるのかな、と思ったけど、どうやら本気のようだった。郁也も本心から反省しているようだった。後悔と言った方がいいのかもしれない。

わたしは二人のことをずるいと思った。しらふで冷静な時にはそんな風に真っ当な思考ができるくせに、べろべろに気持ちよく酔っぱらえもすることに。前後のことが考えられなくなるくらい、セックスに没頭できることに。わたしがセックスをする時は、頭の片隅の二か所か三か所くらいにいつも、別のことが浮かんでいて、気持ちいいこと一点に集中できることなんて絶対にないから。

郁也もミナシロさんも反省して後悔してますっていう顔をしていたけど、他のことが頭から全部抜けて目の前の気持ちよさだけでべろんべろんになったセックスで子どもができたなら、それって正しいことのように思う。元々そうやって子どもを作るために、性行為ができる体になってるわけだから。いくら神妙な顔をしてうなだれて見せたって、わたしには「ぼくたち、わたしたちは、正しいことをやりました」と開き直っている人間の顔に見えた。

晩ご飯は冷やし中華で、郁也が作ってくれた。皿に盛りつけて出してくれる。今日、ミナシロさんから連絡が来て、安定期に入ったから職場の人に、子どもができたってこと話したって。そんな話をする。

最初のうち、ふうん、そうなんだ、と相槌を打って聞いていた。テレビがつけっぱなしになっていて、小さな音量でニュースが流れている。郁也の声とテレビの音の両方を聞くうちに、ぱっと、声が出た。

「おかしくない？」

言ってから、なにがだろう、と考え、

「おかしいよ」

と頭が追いつく前に、はっきりと答えを口にしてしまう。郁也の戸惑った顔を見て、ようやく、そうか、と分かる。

「子どもをもらうかもしれないから子どもの話をするのは分かる。だけど、ミナシロさんが職場の人たちに話をしたとか、出産のために休みを取ることが了承されたとかって、それは、ミナシロさんの話だよね？　子どもの話じゃなくて。それを、わたしに話して聞かせる意味ってなに？」

「意味……ごめん、あんまり深く考えてなかった。特に、意味はない」

「違うよ、意味はあるよ」

怒鳴ってしまう。

「薫」

名前を呼んで郁也が手を伸ばしてくる。ぶってしまった。腫れ物に触るような動きで近づいてこないで。叫んで、もう一度ぶつ。こぶしが郁也の腕に当たる。郁也が持っていたグラスが転げて麦茶が床を濡らした。飛び散った水滴のいくつかはわたしの腕にも飛んできていて、その感触に冷静になりかけたけど、郁也がティッシュに手を伸ばすと当たり前のように自分や床より先にわたしの腕を拭くので、また一瞬で針が振り切れてしまう。触らないで、と叫んで手を振りほどく。手の甲に郁也の爪が当たったらしく、痛みが走る。気付かれるとまた腫れ物に触る手つきで手を伸ばされそうなので隠す。

郁也が呆然《ぼうぜん》として動きを止めていた。

わたしも驚いていた。こんなはずじゃない、と思う。

郁也を愛しているんだと思うんだけど、自信がない。ちゃんと、ロクジロウを愛するのと同じように、思えているのか。性欲がわかない。膣の入口から締め上げるようにして体の奥へ向かう、身体感覚を伴った切なさを抱《いだ》くことはない。いつも、わたしは彼に捨てられる準備ができている。セックスをしない、子どもができるんだか分からない。

郁也が子どもがほしい人だってこと、本当は、ミナシロさんから聞かなくたって分かっていたくせに。

それでも愛しているのだと、わたしは、わたしに納得させることができない。ロクジロウのことを大切に思う。もしロクジロウがわたしと暮らさない方が幸せになれるんなら、たとえさみしくたって、わたしはそうしただろう。だけど求められるならすぐに会いに行くだろう。求められなければ、求められたくて必死になるだろう。見返りがなくて平気だとは言わない。見返りはただ、ロクジロウの幸せだけだ。ロクジロウがしっぽを地につけて、体の力を抜いてくつろいでくれていれば、それでいい。

そんな風に思えるのが愛なんだとしたら。

「おれ、別に子どもが好きで、塾の仕事してるわけじゃないよ」

立ち尽くしたまま、郁也が言った。

「なんのこと」

郁也は自分が言ったくせに、よく分かんないんだけど、と前置きをして、

「小学校の教員採用試験も受けたことあるって言ったけど、おれは、子どもが好きなんじゃなくて、人にものを教えるのが好きなだけで、成長してくれたらうれしいっていうか、それが今はたまたま小学生相手なだけで、別に大人が相手だってよくて。子どもが

好きなわけじゃない。人間が好きなんだよ」

郁也の話を聞きながら、こんな時なのに、トイレに行きたくなる。

「郁也、嘘つかないで。小学校の先生を目指してた人が、子どもが好きじゃないわけないでしょ」

「うん、それは嘘だったかもしれないけど、でも、」

「あのさ、さっきはぶってごめん。もう大丈夫だから、ちょっと、わたしトイレ」

「待ってよ」

「トイレだってば」

トイレに向かう。郁也が後ろから付いてくる。トイレの便器に座る。ドアを閉めた。念のためにカギもかけた。ドアの向こうから郁也が言う。

「だって、おれがいなくなったら、薫はどうするの。誰が薫を分かってあげるの」

「なにそれ」

下痢だった。血が出た日は下痢にもなることが多い。病院の先生に、卵管と大腸が癒着してしまっていると言われた。将来、穴があかないといいですねえ。そう言われて、穴があいた大腸から体の中へどばどばとうんちが流れ出る映像が浮かんだ。卵管から子宮を通ったら、おしりの穴じゃなくて膣からうんちが出るかもしれない。そんな体なんだなあ、と自分の想像したことで追い込まれる。

「おれが離れていったら、いよいよ本当に自分なんかやっぱり結局そんなもんなんだとか思うんだろ。全く違う理由で離れていったとしても、薫にとってはそうなんだろ」

「よく分かんないよ、言ってることが」

「薫はおれがいないと生きていけないっていう話をしてるんだよ」

郁也は興奮しているみたいだった。どうしたの、と思わずおびえたような声が出てしまう。

「……男の子だって言われた」

「子どもの、性別が分かったんだ。男の子か……、そっか」

郁也が何かつぶやき、うめきだす。子ども、という漠然としたイメージが、「男の子」と性別を持った途端、リアルに感じられた。そうか、後五か月で、男の子の赤ちゃんが生まれてくるんだ。

薫はおれがいないと生きていけないっていう話をしてるんだよ。郁也はそう言った。そうかもしれない。だけど、

「子どもも、郁也がいないと生きていけないよ。ミナシロさんはいらないって言ってるんだから。親のどっちかはいないと」

「だから、困ってるんじゃないか」

郁也はいよいよといった風に泣き始めた。郁也は、まるでわたしよりわたしのことが分かってるみたいだった。自分から乖離《かいり》した自分が、冷静にわたしを見つめている。郁也が正しいと気付いていた。わたしは郁也がいないと生きていけない。郁也のようにわたしのことを理解してくれる人は他にいない。「すがり付きたいと思っている」——完璧な明朝体《みんちょうたい》でもって、わたしの頭の中に言葉が浮かぶ。それとは裏腹に、わたしはどんどん、体をかたく冷たくしていく。

子どもが産めるんだか産めないんだか分からない体をしていて、そのうえセックスまでしたくないと言って、それでも愛情をそそげと言って。それに郁也は応えてくれている。

だけど、それって、そんなに、すごい？

セックスをしないってそんなに、悪いこと？

わたし、あなたの卵巣は病気ですと言われて以来、毎日、子どものことを考える。本当に、毎日。ミナシロさんと郁也のことがあるより、ずっと前から。何年も、何年も。

わたしは子どもがほしいと、単純に思ったことがない人間なのに。大切なことが、その他のところにたくさんあるのに。朝歯を磨く時や、地下鉄から地上へ続く階段を上っている時、洋式トイレでおしっこをしながら、自分の両手を両ひざで挟んでいる時。子ども、と考える。

子どものことを考える時はなぜか思考が言葉になって頭に浮かぶ。それは標準語で、自分が生まれた土地で慣れ親しんできた言葉ではない。小説を読んでいるみたいに、自分の思考が文章になって浮かぶ、そういう仕方で、わたしは子どものことを考える。子どもという存在、産むのか産まないのか、産めるのか産めないのか、産めるなら自分はどうしたいのか、いや自分がどうしたいかは分かってる、子どもがほしいと思ったことはないし、好きではないから今後も積極的にほしくはならないだろう、けどそれでいいの？

全部、「それでいいの？」という言葉に行きつくための思考だ。クリア、という言葉が頭の中に浮かぶ。

ミナシロさんは、子ども、いらないからあげます、と言った。よく考えるとそんなに珍しいことじゃないのかもしれない。付き合っている女に子どもができたと聞いて、怖気《おじけ》づいて逃げる男はたくさんいる。残された女は一人で産んで、一人で育ててるじゃないか。あれの、逆パターンっていうだけだ。ただ、産むのは女にしかできないから、産んでから置いて出て行くというだけで。

子どもがほしいのかな、いらないのかな。

そういうことを、考えすぎたんだと思う。選択する前に。よく考えてから選べと言うけど、考え抜いた後で、選びたい方が残っているとは限らない。

てきとうに、なんとなく。もう、わたしにはそんな風にしか、子どもを作ることはできないと思った。

水を流してトイレから出る。郁也は、床に座り込んでいた。両ひざを腕で抱えている。

「うまくいくのかな、こんなので」

とわたしが言うと、

「うまくいくって分かってることなんてないし、やってみるしかない」

と顔をあげた郁也が言った。

それは郁也の覚悟だったけど、わたしは内心、それは違うんじゃないの、と反論していた。

うまくいくって分かっていることはあるよ。たくさんある。うまくいきっこないって、分かっていることも。わたしたちのしようとしていることだって、他人から見れば、うまくいきっこないって分かっていることなんだと思う。だけど重要なのは、わたしたち二人が、うまくいくかどうか分からないことだって、思っていることだ。

「そうだね、うまくいくかどうかは、わたしたち次第」

　わたしが言い、郁也が神妙な顔をして頷く。

＊

　一度大学を見てみたいですと言うと、いいですよいつでもどうぞと言われたので、その週末の土曜日に出かけた。定例会議やシステムの更新作業で、キャンパス自体には何度も行ったことがあった。ただ、ぶらぶらと見てまわって、雰囲気をつかみたかった。一人で見てまわるつもりだったけど、高橋さんに「ご案内しますよ」と言われたので、お言葉に甘える。

「土曜日はお休みじゃないんですか」

　高橋さんと並んで歩きながら尋ねる。そうなんですよ、それだけがこの仕事の嫌なところで、という高橋さんの言葉を聞きながら、やっぱり大学を見に来ておいてよかった、と思う。

　キャンパスを見渡す。背の高いビルみたいな校舎が何本も建っている。土曜日でも、学生の姿が結構あった。教室のドアが開いていたので中を覗いてみる。大講義室で、百人ほどの学生が授業を受けていた。

「土曜日出勤する分、平日のどこかで休めるので何かと便利ですよ」

高橋さんが言う。それはそうかもしれない。病院も銀行も役所も美容室もコンタクトレンズを買いに行くのも、平日の方が便利だ。

「でも、子どもがいる人とかは、大変じゃないですか」

「毎週土曜勤務ってわけじゃないんです。月に一回、交代で出勤で。大学内に専用の託児所もありますから、大変は大変ですけど、みんなどうにかなってるみたいです」

託児所に預けられない年齢になった頃が大変そうだな、なんてことを考える。はたとわれに返って、今わたし、子どもがいる人みたいな目線で考えていたな、と恥ずかしくなる。

「お子さんがいるんでしたっけ？」

案の定そんなことを聞かれる。いえ、いません。答えてしまって、しまったかな、と思い、

「でももうすぐ結婚しそうで、子どもも、もしかしたらっていうところで」

と続ける。続けながら、これって転職には不利な話なんじゃないのかなって考える。けれど高橋さんはあんまり気にしていないようで「子育てしやすいと思いますよーうち

の職場」なんて話を続けている。

学部事務室のあるフロアを歩いていると、

「だからっ、自分でもどうしていいか分からないんだってばっ！」

と大声が聞こえてきた。男子学生が、カウンター越しに職員と何か話していた。取り乱して、肩で息をしながら、ほとんど泣き声になって「どうしよう、どうしたら」と繰り返している。応対している職員は努めて穏やかな声で「ちゃんと話そう」と言っている。

ぽかんとした顔で、そちらを見てしまっていたらしい。

「びっくりしましたか」

学部事務室から離れながら、高橋さんが言った。

大学生にしてもそうじゃなくても、大人が大声を出して取り乱しているところを、初めて見た気がして、と言うと、

「たまにありますね、ああいうことは。そもそも学生がわざわざ窓口に来るってことは、困ってたり、変えたり止めたりしたいものがあるってことですから」

「全部に応えていくのって、大変そうですね」

「できることとできないことがありますからね。最近は保護者からの電話も多くって」

「大学生にもなって、親から電話してくるんですか」

驚いて言うと、高橋さんが苦笑いをする。

「ありますよ。結構多いです。めんどくさいなあと思いますけどね、反面、そうだこの子たちは大人に見えるけど、誰かの大切な子どもたちなんだなって思い出すきっかけにもなります」

「子ども」

「子どもって赤ちゃんや小学生だけじゃないんですよね。大学生だって、親にしてみたらまだまだ子どもで。そうは言ってもハタチ超えてたら大人でしょ、って言う人もいますけどね、でも大学で働いてみて実際、ああ子どもだなあって思いますよ。それは、言動が幼いとか、常識を知らないってことじゃないんです。そのあたりは、社会に出る前にむしろ大学で身につけさせていくべきところだからいいんです。そうじゃなくてね、もっと根本の、その人間が大人か子どもかを決定づけている条件みたいなのが、子どもの方に寄ってるんですよね。大学は、子どもが子どもでいられる最後の最後のところですよ。なんかそれがまぶしくてね、ぼくは好きです」

高橋さんを見る。童顔で年齢がいまいちはっきりしない人だ。話し方なんかから、勝手に同い年くらいだろうと思っていたけど、今の話はちょっと達観している感じがして、もしかして四十歳くらいいってるんだろうか、と思う。

それとも年齢じゃなくて、毎日目の前のことをきちんと考えていると、こういうことが言えるようになるんだろうか。

キャンパスを行きかう大学生たちを見る。若いな、とは思うけど、わたしの目にはやっぱり大人に見える。若い大人。子どもには見えない。

「間橋さんも、大学で働いてみたら、きっと思いますよ。大学生ってまだまだ子どもだなって。それでね、だんだん、自分の子みたいに思うんですよ。それで、しっかりしろよなあって思ったり、成長してくれてうれしかったり、卒業してからも元気で幸せで頑張ってほしいなって願ったりね」

高橋さんがどこか遠くを見るような目つきで話している。そんな風に他人のことを思える仕事って他にないですよ、なんて言っている。そうですね、と同意しながら、これまでプログラムや機械を相手にしてきたわたしにそんな仕事が務まるんだろうかと不安になる。

「大丈夫ですよ。優しい言葉をかけて肩をたたくだけが支援じゃないから」

支援、という言葉が耳に残る。誰かを助ける仕事。支える仕事。何かを成し遂げる仕事じゃなくて、頑張る人を後ろから応援する仕事だ。

案内してくれた高橋さんにお礼を言って別れる。学食に寄って帰ることにする。具の入っていないカレーはサラダ付きで三百円だった。

＊

薫、めっちゃ久しぶりじゃがね！　静香《しずか》さんにいっつも話聞っきょるけん、会いたかったんよ。いつ帰って来るんだろかね言いよってね。ああでも会えてよかった。元気そうじゃ。

顔をほとんどわたしの肩にこすりつけるようにしながら話す朋子《ともこ》ちゃんに、内心大きく動揺しながら、うん、ほんとほんと、と言ってほほえみを作って返した。

わたし、薫って呼ばれてたんだっけ。かおちゃん、て呼ばれてたような記憶があったけど、いや、勘違いかもしれない。それにしても朋子ちゃんはこんなにはっきりと方言を強く出す子だったろうか。身振りも手振りも表情も、すっかり、この土地の大人のふるまいが板についた感じがする。

なんかそれって、見下した感じの言い方だねー、いじわるっていうか。

唐突に、ミナシロさんの声が頭の中で再生される。地元で聞くミナシロさんの完璧な標準語は、言葉の意味以上に意地悪く聞こえた。なるほど、標準語は感じが悪い、とこの土地にずっと住んでいたら思うのかもしれない。そつがなく、くせがなく、スマートなものが、ここでは嫌われる。味気ない、冷たいと言われて。

朋子ちゃんはひとしきりわたしの腕や肩や背中にふれながら話した。

「先にばあちゃんとこ行っとるよ」

母さんがそう声をかけ、慣れた様子で階段をあがっていく。

「静香さん、すみませんっ」

朋子ちゃんが母さんに両手を合わせて見せる。母はそれに応えてひらひらと手を振って行った。

うちの母さんと施設や近所のスポーツジムでよく会うこと。歳《とし》の離れた友だちのように感じていること。ばあちゃんの体調は思わしくないが、今日明日にどうこうというものではないこと。同級生の誰やらがUターン就職で帰って来たこと。イオンモールの隣にセブン-イレブンができたこと。

つながりのないそれらの話を並べ立てるように話し、朋子ちゃんが一息つく頃には、わたしは体中ぽかぽかにあたたまっていた。ずっとさすられ続けていたのだ。まるでわたしの体にふれながら話さないと、言葉が通じないとでも思ってるみたいだった。

「そろそろミチエさんとこ、行こか」

ミチエさんと言われ、それがすぐには、ばあちゃんとつながらない。朋子ちゃんの後ろに付いて行く。大きな窓の明るい廊下を進んでいくうち、朋子ちゃんが知らない朋子ちゃんになっていくようだった。壁にかけられた利用者の描いた絵が曲がっているのを、そっと直す手つきや、居住エリアに入る扉の前に置かれた除菌スプレーを差し出す仕草に、当たり前だがここで働いているのだ、と思う。思えば、昔からの知り合いが働いている様子を見るのは初めてだ。地元のスーパーにも銀行にも市役所にも同級生は張り巡らされた罠《わな》のように配置されているのに、その働いている姿をちゃんと見たことはない。

ばあちゃんの部屋は六畳ほどの広さだった。入口に『ミチエさん』と手書きのプレートが付いていた。ベッドと洗面台と備え付けの棚以外なにもないから、広々として見えた。母さんとわたしと朋子ちゃんが部屋の中に立ち、ばあちゃんがベッドに寝ていてもまだ余裕がある。テレビの音が大きい。

何かに似ているなと思い、ああそうだ病院だ、とすぐに思い当たる。わたしが手術をした時に入院した病室もこんな風だった。ベッドだけ大きくて空間が余っている感じの。車いすやストレッチャーが出入りできるように作られているんだろう。ばあちゃんの部屋には大きな鉢植えがあった。ふたつ。ひとつはガジュマルで、根が自由に伸びていた。もうひとつは花で、名前は分からない。太い茎の上に載っかるようにして、紫色の花がどんと咲いていていた。そういえばばあちゃんは紫色が好きだったなと思い出す。病室には鉢植えを置いてはいけない。根を生やして、いつまでも退院できなくなるから。でも、ここは病院に似ていても家なのだ。だから鉢植えだって置いていい。

ばあちゃんは寝ていた。寝息も立てずに静かに。

「普段この時間は起きとんじゃけどね」

母さんが困ったように言った。朋子ちゃんがばあちゃんに近づいて腕にふれ、

「起きんねえ」

と言った。腕をさすり始める。ばあちゃんは起きない。

ベッドの横にある棚にはテレビと、飲みかけのお茶と、畳んだタオルが何枚か、置かれていた。ご飯は食堂で食べるし、着替えはまとめて別室で管理していることを、朋子ちゃんが説明してくれる。

わたしはもう一度、ばあちゃんの顔を見た。目を閉じている。息がとても静かすぎて、寝ているというよりは目を閉じているだけのように見える。朋子ちゃんはまだばあちゃんの腕をさすっている。母さんはリモコンを手にして、大きすぎるテレビのボリューム

をさらにあげた。

「起きんねえ」

母さんが何度も繰り返して言った。ばあちゃんに聞かせて、起こそうとするみたいに。

けれど結局、ばあちゃんはその日目を覚まさなかった。朋子ちゃんが出口まで見送ってくれた。

「朋子ちゃん、今日は、ジムは？」

母さんが朋子ちゃんに尋ねる。

「たぶん、行きます。七時のスタジオ入ろっかな」

「じゃ、わたしも行こうっと」

「静香さんは、薫帰って来とるんじゃけん、今日くらいさぼりなよ」

それもそうじゃね、と母さんが笑う。友だちと冗談を言い合うテンションの笑い方。

そんな楽しそうな母さんは、やっぱり見慣れない。

「じゃあ、またね」

朋子ちゃんがわたしと母さんのそれぞれに一回ずつ、それぞれ違ったテンションで言う。助手席の窓を開けて、手を振った。

施設から家まで、車で五分もかからない。歩いて行ける距離じゃけど、いつも車で行ってしまうんよね、と母さんが言う。

「はよ入らんかいよ」

母さんが玄関でわたしを呼ぶ。わたしは庭にあるロクジロウの墓の前でしゃがんで、数秒目をつむる。ロクジロウはもういないのに、ロクジロウが幸せでありますように、ってわたしは思ってしまう。

晩ご飯は餃子《ギョーザ》で、しそやチーズが入っていた。家で餃子をする日は他のおかずはなくて、白米と一緒にひたすら餃子だけを食べる。一人で三十個くらい食べるので、台所には焼く前の白い餃子の死体みたいなのが、ずらりと皿に並べられていた。子どもの頃から見てきた光景だけど、大人になった今ではこれだけの餃子をつつむ作業が大変だということが分かっているので、違って見える。

「手伝ったのに」

言うだけ言ってみるが、母さんはなに言いよんよー、と取り合わず、はよ食べよ、と促す。

冷蔵庫を開けて缶ビールを手に取る。それから、思い直して冷蔵庫に戻した。代わりに麦茶をグラスに注ぐ。

「ビール飲まんのか」

と言う父さんに、とっさに「なんか風邪《かぜ》ひいたかもちょっとしんどい」と答える。口にしてから、何言ってんだわたし、と思うけど引っ込みがつかなくなって、わざとらしく喉を鳴らしてしまう。安定期で、五か月で、男の子で、とミナシロさんのことが頭に浮かぶ。

そうか、と父さんが残念そうにつぶやく。わたしを相手に晩酌をしたかったんだろう。しぶしぶといった感じでひとりでビールを開けている。母さんが「あ、」と声をあげる。

「そしたら明日、マスク買《こ》うてきたげるわ、国道のとこの薬局で」

電車乗る前に駅前のコンビニで買うけんええよ、と言おうとして止める。変な勘繰りをされるよりいい。いや、変な勘繰りってなんだ。勘繰られたくて、風邪をひいたふりしてるんじゃないのか。後になって、そういえばあの子、あの時ビール飲まなかったわね、って思い出してもらいたくて——。

自分で自分がよく分からない。だんだん、本当に体調が悪いような気がしてきた。そういうことにしてしまいたい。別に、ただの休肝日だ。

じゅうじゅう、餃子が焼ける。わたしはこの歳まで育てられたなあ、と思う。母さんも父さんも、歳をとった。まだまだ元気だけど、確実に老いている。

朋子ちゃんのことを娘みたいに思ってるのかな、もしかして。

母さんの顔をちらりと見る。朋子ちゃんと話してる時、楽しそうだった。一緒にジムに通ったり、ばあちゃんのことだって日常的に相談できたりして、頼りにしてるんだろう。遠くにいる実の娘より、近くにいてくれる娘さんの方がいいのかもしれない。

前に、母さんと電話で話した時にこんなことを言っていた。

「朋子ちゃんが風邪ひいたらしくてね、マスクしとったわ。かわいそうに。ほんでそのマスクが、不織布《ふしょくふ》っていうんかいね、普通のじゃなくて、全然、菌を通さんのやって。耳のところも柔らかく作られとって、長い間つけとっても全然痛くないのよ。もし今度風邪ひいたら、母さんもあれ使おうと思って。国道のとこの薬局に売ってますよー言うてたわ。あそこの薬局やか、よう行くのにね、全然知らんかった」

朋子ちゃんがね、教えてくれたんよ。

そう話す母は、せっかくだからいっそのこと早く風邪をひきたい、風邪をひいてマスクを使いたい、と言わんばかりの声色だった。

「色もね、まっしろだけじゃなくて、薄いピンクとか、グリーンとかのも、あるんよ」

孫ができたら、母さんはうれしいだろう。連れて帰って来たら、元気になるだろう。ばあちゃんも、ひ孫の声が聞こえたら起きるかもしれない。

もしかしたらだけど、多分、わたしは今ひどい目にあっていて、でも自分に引け目があるから突っぱねることができなくて、突っぱねられないことがそもそもひどいことで、だけど突っぱねて否定したいっていう気持ちに正直になるためには、家族のこともまとめて突っぱねることになるんだろうから、その覚悟があるのかと言われると分からなくて、っていうかなくって、覚悟っていう話になると、子どもを持たない人生を送る覚悟もなければ、子どもを持つ覚悟もない。どっちも嫌だというのが正直なところで、考えないで済むなら、それこそセックスしているうちに自然とできちゃえばラッキーだったんだけどわたしについては絶対にそれが起こり得なくて、だとすると考えるしかないのか。考えて、熟考して、決断して覚悟して選択するしか。

これまで考えすぎるほど考えてきたつもりなんだけど、振り返ってみると全然、目の前に置かれた課題の方がまだ全然、多い。考えたり、決断したり、結構、してきたつもりだったのに。

ちょっともう嫌んなっちゃって。

そういう話する時くらい泣けば、と三浦くんは言った。立っていられないほどお腹が痛くなって病院に運ばれて検査をして、そしたら卵巣の病気だったんだよね、と話した時だった。なんでかわたしはへらへらしながら話をしていて、それは現実感がないことと不安だったことと、こういう場合にどういう表情を浮かべているのが適切かって経験

も知識もなかったことに由来した、自分では苦笑いのつもりの表情だったんだけど、まあ、とにかくへらへら、していたら、

「そういう話する時くらい泣けば」

って言われたんだった。あれは、きつかったなあ。

勘弁してよこんなにきついのに、きつい時にわたしは、表情のことや、涙を出すか出さないかってことまで、頭で考えなきゃいけないのかって、思ったよね。でも、結局その後すぐに泣き出したんだった。三浦くんは満足したみたいだった。強がってる彼女の心を解きほぐすのに成功したことに。泣いた方がいいから泣きたくなくても泣くっていう場面が、時々ある。怒るのもそう。怒りたくなくても、怒った方がいい気がして怒ることが、たくさんある。

「薫、今度いつ帰って来るん？　お正月は帰って来られそう？」

正月は、五か月後。ミナシロさんは、臨月だ。わたしは無意識のうちに腹に手をあてる。

「うん、たぶん、大丈夫」

帰れないかもなあ、と思いながら答える。

わたしは餃子をたらふく食べて、だけど風邪気味だからビールを飲まないと言ってし

まった手前、あまり夜更かしするのもどうかと思って、さっさと布団に入った。なんのためのふりだ、と自分で自分がばかばかしくなる。

子どもの頃使っていた部屋は、物置になっていて埃《ほこり》っぽいので、リビングに布団を敷いて寝る。タオルケットをかぶってアイフォンをいじっていると、高校生に戻ったような気になる。高校生の時は、とにかくこの町から出て行きたくて仕方なかった。いきぐるしいのは全部、自分が子どもで、ここが田舎だからだって思っていた。だけど東京でもしんどい。大人になってもしんどい。

東京で手術を受ければよかった。今になって思う。

手術を受けた時わたしは二十一歳で、退院した後も一週間は自宅療養が必要だと言われて、大学の寮にいるとはいえ、ひとり暮らしでは心細くて、地元の総合病院に紹介状を書いてもらった。

入院した翌日に手術をした。全身麻酔で、目が覚めた時には何もかも終わっていたから、実感はなくて、ただ時間は経っていた。体が動かせるようになって集中治療室から一般病棟にうつった。

入院と聞いて、五、六人のベッドが並んでカーテンで仕切られている大部屋をイメージしていたけど、わたしが入ったのは個室だった。田舎の病院だからもしかして空《す》いてるのかな、と思ったけど、手術前にあちこち見てまわった限り、満室に近いようだった。入院しているのはほとんどお年寄りたちで、わたしと歳の近い人は見かけなかった。ナースステーションの近くに設けられたラウンジでテレビを眺めていると、同じようにテレビに見入っているお年寄りたちがいて、目があって会釈をして、あんたなんだあ若いのに、と言われて話したところによると「老人ホームはいっぱいで入れんで、家でも面倒見きれん言われたから、ここにおる」ということだった。「先生らも困っとるわ。病気治すんではないんだもの。死ぬまで治らんのだもの」介護施設が空いたらいいけど「どっこもいーっぱいよ」だそうだ。

いっぱいの病室で、わたしが個室に入れたのは、全身麻酔をかける手術で免疫力が下がるから一人の方がいいだろうということと、父が御礼金《おれいきん》というのを先生に渡していたからだった。退院した後で知った。

入院は五日間の予定だった。お腹を切って内臓をいじくるのに、たった五日でいいのかと驚いたが、大丈夫だ、と医者は言う。ほんとかよ、と思った。

退院を翌日に控えた四日目。まだ、全然痛みが取れない。おしっこをするのにベッドから起きあがる、その瞬間腹筋に力を入れるだけで、傷口の端がぴりっと音を立てて裂ける、イメージが広がる。そのくらい痛い。腹をかばうのに変な力が入っているのか、肩と首の付け根と胸の上側が筋肉痛になった。息をするのもしんどかった。

ええと、わたし、本当に明日退院するんですか。

回診で診《み》にきた先生に尋ねる。一週間自宅療養って、家で無理せずゆっくり過ごせ、くらいの意味だと思っていたけど、家で寝たきりになっていろ、という意味なんだろうか。

不安だったら、もう一日延ばしてもいいですよ、と先生が言った。一日だけかあ。思わず突っ込みそうになったが、大きな声を出したら痛いのが分かっているので何も言わない。心の中で突っ込んだだけなのに、それでも無意識に腹に力が入ったようで、かすかにぴりっとした。

とにかく一日でもいいから長く病院にいたい。いられるもんなら。

でもこれ、一日延ばして六日間入院したところで、何も変わらないだろうな、と思っていたら、五日目の朝、急に体が楽になっていた。あれ、と思っておしっこに行く。その動きのスムーズさ。痛いけど我慢できる痛さになっていた。

なんか不思議と楽になりました。まだお腹は痛いけど。

うれしくなって、朝食を持ってきてくれた看護師に報告すると、あたりまえでしょう、もう手術して三日経つんだから、と呆《あき》れた顔をされた。人間の体は、悪いところを正しく取ったら、傷はふさがるし、痛みは消えていくんだそうだ。

あなたはまだ、若いんだし。

値踏みするように、頭の先から布団で隠れているはずの足先まで、一通り眺められる。看護師は三十歳くらいに見えた。少なくとも当時二十一歳だったわたしにはそう見えた。自分が三十歳になった今、あの時の看護師の顔をおぼろげに思い出してみると、三十五歳くらいだったかもしれない、と思う。人の年齢はよく分からない。二十七歳も三十歳も三十五歳も、だいたい一緒に見える。

地元でそういう話をすると「あんたあんまり人のこと見てないもんね」と言われた。みんなは、人の顔とか服とか、見すぎ。この町ではみんな、差異を探してる。違うもの、目立つものを、見つけて共有するために。

うちの地元にスタバなんてあるわけないよー。

大学進学と同時に東京に出てきてから、何度となく繰り返してきたやりとり。

スタバどころかドトールさえないとか、最近初めてできた国道沿いのすき家にみんなおしゃれして行くんだよとか、しょうもない田舎話はポーズで、それらはただの事実だったけど、だから地元が悪いとか都会がすごいとか、ほんとはちっとも思ってない。天気の話みたいに場をもたせるのにちょうどいいから話しているだけで。田舎の本当におそろしいところの話は、わたしはしない。

手術のために地元に帰ったら、案の定というか、名前の分からない親戚が見舞いに訪れ、同級生には、あいつ病気なんだってよ、えー子ども産んだんじゃなかった、ちがうって中絶したんだって、いやいや頭おかしくなったって聞いたけど。と噂話が広がり、一部では「卵巣の腫瘍《しゅよう》を切除した」という正しい情報が伝えられ、噂も事実もどっちにしても広まるというそのこと自体が迷惑だった。

手術の翌日、北見《きたみ》さんのお父さんと名乗る人が見舞いに来た。北見さんは高校の同級生で、一年の時同じクラスだった。物静かで、勉強ができた。確か本州の国立大学に進学したと思う。高校を卒業して以来、一度も会っていない。

北見さんのお父さんは、調剤薬局で薬剤師をしているのだと言う。そういえば北見さんも薬学部に入ったような気がする。ぼんやりと記憶がよみがえってきた。

娘と同じくらいの歳の子が入院していると聞いて、覗いてみたら本当に娘の同級生だったからかわいそうにと思ってね。

北見さんのお父さんはベッドの横に置いてあるパイプ椅子に座りながらそう説明した。誰から聞いたのかは言わなかった。

卵巣だってね、かわいそうに、かわいそうにね、手術もこわかっただろう、まだこんなに若いのに、つらかったね……。

北見さんのお父さんは布団の上に放り出していたわたしの右手を自分の両手で包んで、片方の手でなでまわし始めた。驚いたふりをして手を引っ込めてしまえばよかったんだろう。今ならそうするし、はっきり「触られるのはちょっと」とも言える。でもその時のわたしにはできなかった。

中学の時の体育の授業を思い出した。体操服を持っていくのを忘れたことがあった。体育の先生に、じゃあブルマで受けなさいと言われた。上はブラウスで、下はスカートを脱いでブルマで受ければいいだろうと。男の先生だった。冗談だと思っていたら、ほらさっさと脱いでと言われ、言われるがまま脱ぎ、追い出されるようにして運動場に出て行った。むきだしの脚に鳥肌が立った。薫ちゃん、学校指定のブルマほんとにはいてきてるんだ、とクラスメートに言われた。

こんなのは嫌です、と言えなかった。これは何かおかしいって、少し遅れて思いついて、その後はずっとおかしい、嫌だ、って思っているのに、口に出せなかった。

何分間くらいそうしてただろう。北見さんのお父さんは持ってきたぶんの「かわいそう」を言い終えたのか、もう黙っていた。だけど手は放してくれなくて、片手で包み込み、もう片方の手でぐるぐる円を描いてなで続けていた。男性用整髪料のすっぱいにおいがした。わたしは目だけを動かしてナースコールのボタンの場所を再確認していた。手術したばかりで、とっさの動きができない。体のこんなところにも筋肉があるんだと、いっこいっこ確認しながら脳が動きの指令を送っている。最初期のコンピューターみたいな処理速度で、わたしの体はそれを実行していく。のろのろ。

こんなに若いのに。

黙ってわたしの手をさすっていた北見さんのお父さんが、ふいに手の動きを止めて、わたしの目を見た。

卵巣がそんなんじゃ、結婚もできないだろうしね、ほんとうに、かわいそうに。

北見さんのお父さんの目には涙が浮かんでいた。わたしはそっと、ゆるゆる、のろのろ、手を自分の体に寄せて布団の中にしまいこんだ。なでまわされた手は、よその人間の熱を発していた。

ほんとうに、ほんとうに、お大事にね。

そう言い残して北見さんのお父さんは出て行った。サイドテーブルの上に、果物かごを残して。

かごの中にはパイナップルとマスカットと、メロンまであった。高そう、と思った。

でも全然、食べたくなかった。

あの果物かごをどうしたのか、なぜだか思い出せない。入院の日々は退屈で毎日なにが起こったわけでもないし、まだ十年も経ってないのに、思い出せない。

＊

ミナシロさんと待ち合わせしているドトールで、母親に連れられた子どもがこちらを見ていた。子どもは小学校にも入ってないくらいの幼さに見えた。女の子で、髪が長い。子どもの髪はどうしてさらさらなんだろう。つやつやと、商品みたいに輝いている。

母親はスマートフォンを操作するのに集中していた。女の子はしゃべりもせず、じっとしていたけど、その「じっと」はわたしに集中しているからららしかった。こういうことが、時々ある。わたしはいたって静かに、ただコーヒーを飲んで、ドトールの背景のようになっているのに、何がそんなに子どもの注目を集めるのか。

コーヒーを飲むのを止めて、子どもを見返す。なるべく目に力を入れて。傍《はた》から見て、睨《にら》んでいる、と思われないぎりぎりのラインを狙う。子どもは最初、きょとん、とする。不思議そうに、わたしの表情がほほえみに変わるのを待つ。そのうち、わたしが決してほほえまないと気付く。彼らはまだ目の逸らし方を覚えていない。本能的にはっと目を背け、けれど引力に負けてまたおずおずとわたしに視線を向ける。親が「なんとかちゃん」と子どもの名前を呼んで、その集中を途切れさせるまで、謎の注目は続く。ばれてるのかな、と思う。子どもにだけしか見えない目印かなにかが、わたしにはついていて、彼らとわたしが別の世界にいることが、見えてしまっているのかなって。

子どもを持ったら、世界はわたしに優しくなるかしら。

そんなことを、卵巣を切り取られた後に散々考えた。

産むではなくて、持つでも、世界の優しさは同じだけ与えられるだろうか？　自分で産まないで、人に産んでもらったって、それは郁也たち全ての男の人たちと、同じだ。

ミナシロさんが約束の時間を少し過ぎた頃にドトールの入口に姿を現した。コートの前が開いている。閉めたら苦しいのかもしれない。グレーのワンピースの下で、お腹が膨らんでいる。

「すみません、仕事が思ったより片付かなくて」

先に注文してきますね、と財布だけ持ってレジに向かう。その後ろ姿を見て、笹本さんもあんな服を着ていたな、と思う。ミナシロさんがオレンジジュースを持って戻って来る。

「いつも、オレンジジュースですね」

「この生活も、後ちょっと」

ミナシロさんがそう言って、お腹をなでる。妊婦の大きなお腹は、ちょっとこわい。おそろしい感じがする。わたしだけだろうか。バスや電車の中でおばあさんが、乗り合わせた妊婦のお腹を見てにこにこと「もうすぐねえ」なんて話しかけているのを見たことがある。にこにこして見るものなんだ、ほんとは。直感的にこわいって思う方が、おかしいのかもしれない。

「あ、今、蹴った」

ミナシロさんが声をあげる。

「あ、また。すごい、蹴ってる」

ふふふ、と笑う。

「さすがにここまで来ると、お腹の中にいるなあって、すごく思います。この子ができた時には田中くんがいたけど、こうなってみて、子どもを産むって女だけのことだな、って思いました」

数日前に、ミナシロさんと郁也が婚姻届を出した。水名城の姓にしたという。

「どうせすぐ離婚して名前も戻るのに、会社に書類出すだけじゃなくて、銀行とかクレジットカードの名義とか、病院の登録とか何もかも全部変えなきゃいけないんですよね。お腹がこんななのに、そんなあちこち手続き行ってられないですから、田中くんに水名城に変わってもらいました」

みなしろ先生、新しい先生。そうやって、郁也が小学生たちにからかわれている姿が頭に浮かんだ。

ミナシロさんと郁也が、それぞれの両親に挨拶に行ったのは先月のことだった。

郁也の両親とは一度だけ会ったことがある。付き合い始めて二年くらい経った頃だ。一度会いましょうよと呼ばれて、東京駅近くのレストランでご飯を一緒に食べた。優しくて明るい人たちだった。

もうだいぶ前のことだから、あの時の人とは別れていて今回違う人と結婚するんだ、と郁也が言ったって驚きはしないだろう。その後すぐ離婚して、それからわたしと再婚したって、最初はどう思うか分からないが、最終的にはまあ若い人たちの中でいろいろあったのね、ってことになるんじゃないだろうか。

だから今回ミナシロさんと会わせるのは、やっぱり孫が生まれて一応籍も入れるのにさすがに会わないわけにはいかないからで、仕方ないっていうか。とか、そういう説明。ミナシロさんのご両親に挨拶に行く時にも似たような話を聞いたばかりだった。

「仕方ないからするけど、おれにとっては、意味がないことだから」

スーツを着て、郁也は出かけて行った。わたしにいい顔したすぎて、わけ分からんこと言うてしまってるやん。頭の中で、方言で突っ込み、なんだわたしの意識が今地元に向いてるな、と気付く。母さんと父さんの顔が浮かんだ。

うちの親は、結婚する、と言ったら喜ぶだろう。田舎で、結婚は人生の最大の山場だ。ひたすらめでたいことだ。子どものことばかり考えていて、結婚のことを飛ばしてしまっていた。

不倫ってことになるよね、と言うと郁也は困った顔をして、頷いた。これってミナシロさんが訴えたら、わたしが慰謝料払わないといけないのかな。郁也は首を振って「まさか、そんな、ばかな」と言った。まさか、そんな、ばかな、ってわたしも思いたいけど。

婚姻っていう国の制度の迫力。まさか、そんな、ばかな、ことだけど、わたしと郁也が築いてきた三年半の時間よりも、一枚の書類に書かれたミナシロさんの名前の方が、強い。

「子どもが生まれたら、すぐに離婚するから」

わたし、郁也と結婚するのかな。するっていうことに、なってるんだよな。

股の間に違和感。またか、とげんなりしながらトイレに向かう。

子宮から血が吐き出されるたび、結局はわたしたちのことだ、と思う。わたしたち女のことだ。郁也たち男は関係ない。子どもを産むこと、生きていくことに。この痛みを抱える時、わたしは郁也よりまだミナシロさんの方を身近に感じる。彼女の子宮口は今閉じていて、中の生命がこぼれ落ちないようにしている。郁也の子。その後、育てるのがわたしなら、わたしの子にもなる。けど、ミナシロさんの子でなくなるわけではない。そういう事実は残る。じゃ、三人の子か。おかしいな。笑うとその刺激でまた血が吐き出される。

ミナシロさんがオレンジジュースを飲む。ストローをくわえている。

今目の前にいるこの人は、数か月前に突然現れて、わたしの恋人との間に子どもを作ったからもらってほしいと言って、先月わたしの恋人の親に挨拶をして、今月はわたしの恋人と結婚をして、来月にはいよいよ子どもを産もうとしてる。大きな、こわい、お腹。

初めて会った時殴っておけばよかったかな。こんな大きなお腹になられちゃ、もう、殴りたくても殴れないし。

初めてミナシロさんと会ったあの日、地震があった。まあまあ大きな揺れだった。ドトールの店員が「地震です！」と短く叫んだ以外は、誰かが悲鳴をあげるでもなく、妙に静かだった。コーヒーカップがテーブルの上を横切って動き、ぎりぎり落ちないところで一瞬止まって、反対側へスライドした。二センチほどしか残っていなかったコーヒーの黒い液体は、こぼれることなく、ただカップの中で波打った。

あの時、郁也がとっさに手を伸ばしたのはわたしだった。すぐ隣に座っていたミナシロさんではなくて。お腹の中に子どもがいるミナシロさんではなくて。

思わず、という風に腕に手を伸ばして、けれど何から守れるわけでもなく、守る必要があるほどの地震でもなかったので、わたしの腕にしばらくふれた後で、ぽんと軽く叩き、「びっくりしたね急に、地震」と言いながら手を放した。それで、なんとなく、ふふん、という気持ちになった。余裕ができて、そうして、ミナシロさんの話を聞いてやってもいいかな、という気になっていた。別にわたしが冷静だからじゃない。そういう、変な自信みたいなのが勝手に、あった。ただの意地だった。

＊

母さんから電話がかかってきたのは、二十二時をまわった頃だった。

その日、郁也は職場の先輩と飲みに出かけていて、わたしは一人でテレビを見ていた。アイフォンの画面に母さんの名前が表示されているのを見て、もしもし、と言うより前に、これはよくない電話だと分かった。こんな遅くに電話をかけてくる人じゃない。母さんはあせりを押し殺した声で「ばあちゃんがね、いかんわ」と言った。

夕方、突然意識を失い、病院に運ばれたのだという。うん、うん、と相槌を打ちながら、頭の中では別のことを考えていた。

帰れんわ、今。お腹ぺたんこじゃ。

仕事もあるんじゃけん、無理して帰って来んでええ、と言う母さんに「なに言いよんよ、こんな時に。帰るよ。なるべく早く、帰るけん」と答えながら一方で、どうしよう、どうしたらいい、どうしよう、と迷いの言葉が頭の中をめぐり、アイフォンを握っているのとは反対の手で、服にしわが残るほど強く、自分のお腹をさすっていた。

それでも電話を終えると立ち上がり、旅行鞄に手近にあった着替えとコンタクトレンズ、薬を詰め始めた。何日帰ることになるんだか分からないけど、とりあえず三、四日は持つように。薬だけは念のため二週間分ほどまとめて入れた。

財布を開くと一万円しか入っていなかった。コンビニのATMで引き出して、職場への連絡は明日の朝入れるとして、いや、課長の自宅に今電話しておいた方がいいか……だめだ、もう二十二時だ、明日にしよう、というかそうか、もう新幹線走ってないか、だけどとりあえず向かわなくちゃ。どこへ？　どこかへ。なるべくばあちゃんに近づけるように。

パジャマにしているスウェットを脱いで、セーターを着こむ。その上にダウンコートを着る。頭の上でちょんまげにしていた髪をほどいて、首の後ろでてきとうにしばる。忘れ物はないかと考えて、多分あるような気がしたけど、思い出せないので不安な気持ちのまま玄関に向かう。スニーカーを履きながら、そうだ、喪服は？　と思いつき、誰もいないのに一人で強く首を振って否定する。いらない、いらない。

外に出ると体を切るような冷たい空気に、一瞬足がすくんだ。一番近くにあるコンビニで五万円おろす。電車で東京駅へ向かう。どこまで行けるのかは分からない。だけどとりあえず東京駅まで行けばどうにかなるような気がした。

がたんがたんと電車に揺られ、暗い景色が次々に過ぎ去っていくのを見ていた。郁也に連絡しておかなきゃと思う。別に今だってただ電車に揺られているだけなんだから、ＬＩＮＥを送ればいいんだけど、頭がぼんやりして動かなかった。コートのポケットの中、アイフォンの感触を意識する。右ポケットにある。わたしの右手もポケットの中に突っ込まれている。てのひらの中にアイフォンの存在を感じる。けれどそれを取り出して、視線の先に持ち上げて、ＬＩＮＥを送る、それはできなかった。随分難しいことのように感じた。

そのうちに電車は東京駅に着いて、わたしは人の波に乗るようにして電車から降り、ホームを歩き、階段を降りて、東海道新幹線乗り場の方へ向かった。当然、四国まで帰れる電車はもうない。せめて新幹線で岡山まで行けないかと思ったが、それももうなかった。三島《みしま》までなら行けるようだった。三島ってどこですか、と駅員さんに尋ねる。静岡ですけど、と呆れたような声で教えられる。三島まで行くことにした。とにかく今は移動していたかった。

切符を買って新幹線に乗り込む。自由席は混んでいた。ドアの前に立ち、わたしはまた過ぎ去っていく暗い景色を見ていた。途中で熱海《あたみ》に停《と》まった。ばあちゃん、結婚した時熱海に行ったたって言ってたな、と突然思い出す。熱海を過ぎると三島にはすぐに着いた。他の乗客について新幹線を降り、改札を出たところにあるコンビニの中で立ち尽くしてしまった。外は寒かった。東京よりも風がつめたい。コートのポケットの中でアイフォンが震える。合図を与えられて、わたしはようやくそれをポケットの中から取り出すことができる。郁也からの電話だった。

「なんで家にいないの？　今どこ」

「三島」

ばあちゃんの危篤を知らされて、地元に向かっているけど電車がなくなって立ち往生していることを話す。

「三島のどこにいるの」

「駅出たとこにあるコンビニ。これから、どうしよう」

「今からそこに行くよ。喫茶店かファミレスかマックか、とにかくどこか明るい店の中で待ってて」

「来るって、どうやって」

「タクシーか何かで、とにかく行くから」

電話はそれで切れた。タクシー。そうだ、タクシーがあった。電車は夜中に走らないけど、車は夜中だって走れる。

三島駅前のタクシー乗り場には二台のタクシーが停まっていた。先頭のタクシーの運転手に、四国まで走ってほしいと告げると、初老の男性ドライバーは無理無理と怒った顔で言って走り去ってしまった。後方につけていたもう一台が近づいてきて、前のタクシーに乗らなかったわたしに不思議そうな視線を向けた。同じように四国まで行きたいと告げると、やはり無理だと言われた。代わりに、京都くらいまでなら行ってあげるから、そこから先は始発の新幹線を待ちなさいと言う。時計を見る。もうすぐ0時になろうとしていた。わたしはお礼を言ってタクシーに乗り込んだ。座席に深く座り込んだ時、右ポケットの中のアイフォンが存在を主張した。郁也に連絡しなきゃと思ったけど、やっぱり頭がぼんやりして動けなかった。高速道路に入ってすぐ、大型バスを何台か見かけて、そうだ夜行バスがあったかもしれないと今更思う。運転手がバックミラー越しにわたしと目を合わせ、寝られるなら寝ていていい、と告げた。わたしは声を出さずに頷いた。

眠れるわけがないと思っていたのに、高速道路で同じような景色が飛び去って行くのを眺めている間に、眠ってしまっていたらしい。夢は見なかった。覚醒と地続きになったようなまどろみだった。

ポケットの中でアイフォンが振動していた。取り出して画面を見る。郁也からの着信だった。出ようとした瞬間に切れる。不在着信が七件。四時十二分だった。ずっと同じ姿勢でいたせいで、体が痺れている。おしりが痛い。

あなたのおしり、冷たいわね。

それは病院の先生の言葉なのに、脳内ではミナシロさんの声で再生された。首をまわして息を吸い、吐き出しながら、ばあちゃんはまだ呼吸しているだろうか、とそんなことを考え、息を止めた。

郁也に電話をかけようとアイフォンを持ち直すのと同時に、また振動した。電話ではなくメッセージの受信だった。郁也ではない。母さんからだった。

〈ばあちゃんの意識が戻りました。一命は取りとめたそうです。なので、薫も無理に帰省しなくて大丈夫〉

さっき止めた息が、体内から全部抜けていく感覚がした。

ずっと一定のリズムで聞こえていたエンジン音が変化した。顔をあげて前を見ると、料金所が見えた。バックミラー越しに運転手と目が合う。もう少しで着きますよ、と言われた。

まだ朝が来ていない街の中は静かだった。それでも京都駅に近づくにつれて、車や人をぽつりぽつりと見かけた。わたしは人間が動いているのを不思議な気持ちで眺めた。みんな動いているということは誰かの子どもだったということだし、みんな動いているということはいつか死ぬということだ。

駅前でタクシーを降りる。メーターに表示された金額をクレジットカードで支払い、それとは別に一万円札を運転手に渡した。運転手は疲れた顔で小さく会釈すると、ドアを閉めて走り去った。

郁也に電話をかけて、これから東京に戻ることを告げた。郁也は疲れた声で分かった、と言った。先ほどの疲れた顔の運転手が頭に浮かんだ。運転手はこれからまた数時間かけて三島まで戻るんだろう。郁也は今三島にいて、三島から東京に戻る。わたしもまた東京に戻る。この夜移動した全員が、夜明けとともに、結局元の場所に戻った。

アイフォンの暗い画面に自分の顔が映っていた。わたしも疲れた顔をしていた。疲れた顔は、母さんに似ていた。母さんもまた疲れた顔をしているだろう、今、きっと心細いだろう。ぐっと、息苦しくなる。

それでも東京に帰るのね、と頭の中でミナシロさんの声が言う。わたしは頷き、東京行きの新幹線を探して京都駅を進む。まだ電車は動いていなくて、駅は静かだった。だけどもうすぐ、動き始める。


「子どもを、もらおう」

この一言で、決定したのはわたしし、ということになるんだろう。郁也ではなくて。

郁也は頷いて、真剣な顔のまま来年のカレンダーを壁にかけて来月のページを開くと、二十八日のマスに『予定日』と書いた。カレンダーの大きさに対して、０・５ミリのボールペンで書かれたその黒い字は細くて、弱々しく見えた。

　来月の、一月のカレンダーはべたに富士山に御来光が輝いているイラストで、タカとナスビも添えてあった。そのめでたい絵が目に焼き付く。正月は帰省はできないなと思う。ばあちゃんの顔が頭に浮かんだ。

　毎日毎日、カレンダーを見るようになった。これまではほとんど壁と同化していて、月が替わって一週間も経つ頃になってようやく、めくり忘れてたね、なんて言って更新していたカレンダーを。

　わたしのほしいものは、子どもの形をしている。けど、子どもではない。子どもじゃないのに、その子の中に全部入ってる。

＊

　子どもが生まれたその日、わたしは仕事をしていた。火曜日で、特別何か行事があるわけでもない。寒いけど雪は降っていなくて、空は一日中うすい雲に覆われて白色に見えていた。一年のどこにでもあるような、三日も経てばどんな日だったか思い出せなくなるような、普通の日だった。

クライアントから不具合の連絡が二件あって、確認したらただの操作ミスだった。ここをこうしてください、と電話のやりとりで済む。「本当に助かりました」と過剰なほど感謝されて、わたしのこの仕事は、システムっていう考え方や機械操作が苦手な人がいるから成り立ってるんだな、と思う。みんなが機械が得意で、みんながプログラムの思想を理解できてしまったら、わたしみたいなのは用なしだ。

転職を誘われている大学には、先月返事をした。二か月後には、大学で働き始める。大学生と関わるのか、と考えると不思議な感じがする。今日クライアントから不具合の電話を受けたみたいに、大学生からの問い合わせを受けるのだ。彼らもきっと、何かが足りないとか何かが余計だとか、そういう話をするんだろう。

エンターキーを押したり、電話を切ったり、トイレに行ったりして、意識が一瞬でも緩むとその度に何度も、今頃ミナシロさんは、と考える。

郁也は仕事を休んで病院に行っているはずだった。そうすべきだと思うけど、実際にそうしている郁也が嫌で、朝はまともに顔が見られなかった。

二十時に仕事を終えてアイフォンを開くと、郁也からは十九時にＬＩＮＥが来ていた。〈生まれました〉

写真付き。昔、実家の納屋でひからびて死んでいたこうもりに似てる。色は全然違うけど。その子の、しわくちゃの、ぐにゃぐにゃの皮膚は赤く、茶色にも見えた。

すぐにでも死んでしまいそうな生き物だな、と思った。そういえば生まれたての子どもの写真をまじまじと見たのは初めてかもしれない。同級生から〈生まれました！〉と写真を送りつけられたことや、ＳＮＳで〈誕生！〉ってコメントがつけられた写真がタイムラインに流れてくることはよくあるけど、〈めっちゃかわいい！　目元がお母さん似だね。絶対美人さんになるよー！〉と息を吐くように返しながら、写真なんて一秒も見ていなかった。だって全部しわくちゃで気持ち悪かったし。

もう少し人間の赤ちゃんらしくなってから引き取りたい。実際、明日引き取るなんてことは無理だろう。何週間か、何日か、何か月か。いつ離婚して子どもを引き取るか、ミナシロさんと相談しなきゃいけない。

そんなことは、前もって決めておけばよかったんだろうけど、ミナシロさんと郁也が婚姻届を出した月にドトールで話をして以来、ミナシロさんからの連絡はなかった。臨月に入って、いろいろ大変なのかなと思って、わたしからも連絡しなかった。体調はどうですか、出産がんばってくださいね、ってどれもわたしが言うのは違うけど、それ以外の話は、わたしたちの間にはないし。

生まれるんだ。ミナシロさん、産むんだ。生まれる。産む、生まれる。予定日が近づくにつれて、ぐるぐる、同じことを考え続けた。

〈今仕事終わった。生まれたんだね〉

おめでとうもお疲れさまも違うと思って、ただ事実だけを返信する。せめて〈無事、生まれたんだね〉と書けばよかったかな。ちらっとそんなことを考える。生まれたんだね。生まれた。ついに生まれてしまった。

郁也からすぐに返信が来た。

〈うん、おれたちの子どもになる子だよ。名前、一緒に考えよう〉

高揚している温度。それにふれて、わたしはさむざむとする。

おれたちの子どもになる子。そう、まだ、わたしたちの子ではない。これからなる子だ。

家に帰ってコンビニで買ったお弁当を食べた。郁也は病院の食堂で食べてきたというので、わたしだけが食べていた。郁也はずっと子どもの話をしていた。生まれたこと。とうとう生まれたこと。

わたしは、子どもを作って育てて産むことは、全部女だけのもので、どこにも男に明け渡す部分はないように感じていたけど、産み落として外に出してしまうと、男が関わってくるのだった。郁也はフィクションみたいだった。おれたちの子どもになる子だよ。

名前、一緒に考えよう。そこには何のリアルもない。血を出したことがない人間の発想だと思った。

喜んでいる、うれしそうな郁也を見て、やっぱり子どもがほしかったんだな、ととっくに気付いていたことに気付き、そんな資格があるのか分からないけど、当たり前のように傷ついた、ことに傷ついた、ことを自覚してまた傷ついて、なに傷ついてんだわたし、とまた……トイレの個室くらいの狭さのところで両手にナイフを持って振り回しているみたいな傷つき方だった。膣から血を全部しぼり出すまでトイレからは出られなくて、振り回す両腕は、外に出るまで止められないのだ。

「名前、何にしようか」

郁也はまだ何か言ってる。わたしは曖昧に笑い返して、けれど頭の端の部分では名前を考え始めてもいた。ばかばかしい。結局、わたしや郁也が名前を考えるより前に、ミナシロさんがつけて、役所に届けも出していた。「心」その子の名前。こころくん。

わたしがその子を抱いて、その名前を呼ぶ日は来なかった。

「申し訳ないですけど、」

ミナシロさんは、子どもができた結婚して産んで離婚したい、と話した時と同じように、あっけらかんと言った。駒込駅前のドトールで。

「やっぱり子どもは、自分で育てようと思います」

髪を切っていた。胸元まであった長いウェーブのかかったこげ茶色の髪が、肩の上で切りそろえられて、色も黒になっていた。髪が長かった時よりも、耳元のピアスが目立つ。

「産んで、この数週間世話してたら、やっぱりわたしの子だって。やっぱり、自分で育てたいって……。勝手ですけど、そう思って」

「今日、赤ちゃんは」

「心は、」

ミナシロさんはわたしの目をじっと見据えて答えた。

「実家にいます。母が、見てくれていて」

そうですか。頷きながら、そうですかじゃないよ、どうしよう、と頭をめぐらせていた。どうしよう。どうしよう。隣に座る郁也を見る。

「それで、わたしは、心を父親のいない子には、したくないと思っていて。田中くん、どうかな」

「どうかなって……」

声をあげたのは郁也じゃなくてわたしだった。あげた、というほどではなかったかもしれない。ほとんど隣の郁也にも聞こえないくらいの、ため息みたいなつぶやきだった。

「また、話しに来ます。今日は帰ります。心のことも心配だし」

ミナシロさんは立ち上がって、それじゃ、と軽く礼をして、頭を上げきらないうちに後ろを向いて歩き出した。その足音で、ヒールを履いていることに気付く。ヒールの靴を履いたミナシロさんを見るのは初めてだった。

テーブルの上に残された、ほとんど口をつけていないオレンジジュースを見る。こんなに寒いのに、氷がたっぷり入っている。ミナシロさんはいつもオレンジジュースを飲んでいた。アルコールもカフェインも控えて、食事を一緒にとったことはないけど多分、生ものを食べないとか栄養のあるものを食べるとか、気を遣ったと思う。自分が育てなくても自分の子だから。

割に合わないと、思ったのかな。

ふとそんなことを考える。前に、クリアの話をした時だった。ミナシロさんは「こんなにしんどいことを、経験しなくちゃいけないんだから、クリアしたことにしてもらわないと割に合わない」と言っていた。産むか産まないか、女だけの問題の話。自分の我慢したもの、自分の血肉からできたもの、自分の払った犠牲や時間やいろいろなものを考えた時に、わたしに子どもをあげるのは、割に合わないと思った?

そんなのは、わたしみたいに産んだことのない人間から出る発想なのかもしれないな、と自虐的に思う。産んだ人にだけ分かることが、多分あるんだろう。でもそうだとしたら、わたしや郁也には一生かかったって分からない。

郁也は、なんなんだよ、と苦々しく言って、

「言ってることが、むちゃくちゃだよ。ああいう人だとは、思わなかった」

と怒っていた。むちゃくちゃなのは、子どもをもらってください、と言っていた頃で、今の方がむしろまともなんだけど。

「困るよ。困るって、こんな、今更……」

郁也は心底困ったという声で、困った、困った、と繰り返す。

夜、郁也の腕にふれたまま眠る。朝目覚めた時には絶対に離れてしまっている。あの肌の熱さや硬さは、意識がある間だけ必要なんだろう。

子どもを作ろうと思うんです、と相談すると、先生は、

「作る、と初めから言い切ると後で負担になりますから、作れるかもしれない状態にする、とでも言いましょう」

と言った。こういうことには慣れています、という声だった。

病院を出て無意識に、病院の隣にある薬局に入ろうとして、そうだ必要ないんだった、と足を止める。自動ドアが開いて、閉まった。この数年間毎日飲み続けていた薬を、明日から飲まない。わたしの子宮は目覚めて、しばらくすると生理が来るのだという。性行為をするのはその後で、と先生が言っていた。

「ひとまず三か月ね。生理が来てから三か月、見てみましょう」

三か月、とわたしは繰り返して言う。三か月。

薬を飲まなくなって数週間が経った日の朝、目覚ましが何度鳴ってもなかなか起きあがれなかった。郁也が朝だよと言って頭をなでてくる手を振り払って、後五分、後十分、とアイフォンのアラームを延ばし延ばしに設定し直した。小刻みな眠りに繰り返しかえって、何度目かの覚醒でようやく起きあがる。お腹に手を伸ばす。懐かしい痛みがあった。トイレに行くと、事前につけておいたナプキンが血を吸って、真っ赤になっていた。

久しぶりの生理は三日で終わった。五日も六日も血が出続けていた記憶があったので、あっけなく感じる。ただ、不正出血とは違って生理は生理だ、という感じがした。どこにこんなにたくさんの血が隠れていたのかと不思議になる。とはいえ、五日目にはおりものに血が混じることもなくなった。子宮が黙っているだけで、体はこんなに軽い。腰も痛くないし頭も痛くないし、眠たくもないし気持ちも軽い。これなら大丈夫、きっと大丈夫。

その夜、いつものように郁也の腕にふれた。郁也は三十分くらい前に、先に眠った。わたしはアイフォンをいじっていた。ブルーライトに照らされてどんどん目が覚めていく。

〈お元気ですか?〉

笹本さんにメッセージを送る。もう寝てるかなと思ったけど、すぐに返信が来た。

〈元気っていうか、ほとんど寝られてないっていうか〉

〈夜泣きとかですか?〉

〈うん、そう。きついー。でもかわいい。見て見て〉

写真が添付されている。赤ちゃんの寝顔。これがこの間見た海咲ちゃんと同一人物なのかどうか、見分けはつかない。

〈かわいいです、ほんと〉

テンプレみたいなわたしのメッセージは、既読にならなかった。寝てしまったのかもしれないし、海咲ちゃんが泣き始めて手が離せなくなったのかもしれない。

既読にならない画面を見つめていると、とととと、と自然に指が動いた。

〈かわいいけど、子どもより犬の方がかわいい〉

　送ってすぐ、画面を消す。なげやりな気持ちで、アイフォンをマナーモードにして充電器につないだ。画面が明るくなる。待ち受け画像は郁也と初もうでに行った時に撮《と》った初日の出。初もうでで、郁也は長々と何かを願っていた。郁也の頭の中が透けて見えるみたいに、何を願っているかはすぐに分かった。時間が経って、アイフォンの画面が消える。子どもがいる人は、だいたい子どもを待ち受けにしてる。目の前に本物がいるのに、待ち受けまで子どもにしておく意味あるのかな？　そういう親っぽさって、どこまでが本気のものなんだろう。分かんないな全然。分かるわけない。

　わたしは子どもより犬がかわいいって思うけど、郁也がもらえるなら子ども付きでもいいよ。それが別に、ミナシロさんの子でも、わたしの子でも、どっちでもいい。

　毛布にもぐって、体ごと全部で郁也の腕にふれる。柔らかい肉の下にごりごりした感触の筋肉がある。筋肉は今力が抜けていて、腕を持ち上げようとすると、肉と骨と筋肉分、全部重い。郁也は眠っている時に体を触られても起きない。隣で音楽やラジオを聞いていても眠れるし、電気がついていても消えていても関係ない。わたしは眠っている時に体にふれられるとすぐ起きてしまう。くすぐったさと、こみ上げるような違和感で。

　郁也の腕に添えた両手をすべらせて、腋の下をくすぐる。郁也が唸って体を反らす。

わたしは右腕を郁也の体に巻き付けて逃がさない。そのまま覆いかぶさって、郁也の胸に頬を寄せた。わたしが動いたせいで毛布がめくれて足先からひざまで外に出てしまう。冷たくなっていく。郁也の胸で心臓の音を聞く。一定のリズム。自分の心臓の音より、速くて力強く感じるのはなんでだろう。パジャマから汗のにおいが少し。これから先のことをどうやっていたのかうまく思い出せない。感情に任せて、欲情に任せて動いていたから、理性的なままでは記憶にアクセスできないのかもしれない。

キスをしようとして躊躇する。したいとは思っていなかったから。それでも唇に唇をぶつけると、なんとか形にはなった。キスの形。(1)唇を近づける。(2)唇を相手の唇につける。(3)唇を離す。

郁也が目を覚ました。キスで目覚めるなんておとぎ話のお姫様みたいだ。少し前から起きていて寝たふりをしていたのかもしれない。郁也もお姫様たちも。今だここだ、ここで起きたらちょうどいいって、そういう時にまぶたを開いているだけで。

郁也が不審なものを見る目をしていたのは少しの間だけで、次の息を吸う時にはわたしの胸へ手を伸ばしていた。パジャマの上からわし摑みにされる。寝ぼけているのか優しさや手加減といった繊細さはなかった。揉みしだかれる。痛みに息を吐くと、郁也の動きが勢いを増した。感じていると勘違いしたのかもしれないし、勘違いでもそう思いたかったのかもしれない。わたしは目をつむって、実際のところ感じたい、と思った。演技でも息や声をもらした方がいいんだろうか。わざとらしくても、やってるうちに雰囲気にのまれて本当になるかもしれないし。

そうだったな、セックスってこういうものだった。これがちょうどいいかなこれで合ってるのかなって考え続ける時間。

郁也がうれしそうに犬の息づかいをしている。上半身のパジャマを脱ぎ捨てた郁也が、改めて、という風にわたしのおっぱいにふれる。てのひらでおっぱいが包まれる。さっきとは変わって、優しい手つき。これが弱々しいものだと思い出したみたいな。わたしの体は女の体だ。郁也は両手でそれぞれのおっぱいを包んで、顔をわたしの首元に埋めている。祈っているみたいだった。わたしも祈っている。どうか——。

郁也の指がそろそろとわたしの乳首にふれた。親指と人差し指でつまんで刺激を与えられる。乳首が硬くなるのが分かった。快楽とは別の、ただの反応として。快楽は別のところにある。不思議だけどそれはやっぱり子宮の方だ。子宮そのものではない気がする。子宮の側《そば》に寄り添うように、快楽がある、はずだった。

忘れていた。不快も子宮のすぐ側に寄り添っていること。今か今かと、飛び出す瞬間を待ち構えていること。ホースのあちこちに穴が開いて水が飛び出していくみたいに、わたしの中に生じたはずの快楽が抜けてなくなっていく。水で洗い流した後に残ったのはグロテスクな——。

わたしは短く何かを叫んで、郁也の体を両手で押し、ずるずると体をずらして郁也から逃れた。すぐに体を冷気が包む。郁也が呆然とわたしを見ていた。股間を大きく膨らませたまま。

わたしは慌てて「ごめん、違う」と言い、その慌てた様子に郁也はますます傷つき、けれど彼は傷つくほどに優しくなって「おれこそ急にごめん、こんな久しぶりに、どうしちゃったんだろ」そして「ごめん、寝よ寝よ」とわたしを手招きして毛布をかぶせ、正したパジャマの上から背中をなでてくれる。その優しさの、答えのなさ。

わたしは、愛しているのかな、この人を。わたしの考えているところの愛の形で、ちゃんと。愛してもらえるのかな、この人や、わたしの家族に。わたしがわたしであるというだけでは、多分じゅうぶんではないから、他のもので足したいと、思ってしまう。彼らの期待値とわたしの理想値はいつだって似通っている。そうありたいと、やはり思う。愛され承認され、ぐるぐる巻かれてあったかくなるために。

きっと、わたしはまたセックスをしかけるだろう。郁也はそれに応えようとしてくれるだろう。それで何度も失敗して結局どちらもへとへとに疲れてしまうんだろう。けれどそれも三か月だけのことだ。

郁也には、薬を飲むのを止めたことを言っていない。だから三か月を待たずに、へとへとに疲れ切るよりも前に、ミナシロさんのところへ行ってしまうかもしれない。分かりやすく目に見える形がすでにある場所へ。郁也は満たされる。同時に傷つく。傷ついてほしいと、わたしは思っている。だってそうしないとわたしが生きていけないから。

明日からどうしようかな、何を見て、何を聞いて、どうやって生きていこうかな。何をよすがに、何のために、何を言い聞かせていれば、まるで自分のために生きているみたいに、息ができるんだろう。

郁也になで続けられた背中が熱を持ってくる。そのうち眠ってしまった郁也の手は止まるけど、残された熱はそのままわたしの体の一部になって、いつまでも発熱し続ける。

解説

奥泉光

『犬のかたちをしているもの』は二〇一九年の第四三回すばる文学賞受賞作であり、高瀬隼子のデビュー作である。私はこのとき選考委員の任にあり、本作を推した者の一人なのだが、なにより評価したのは、一人称かたりの文章の、己の思考や心の動きを描出する言葉の質の良さで、この点については、本作を推さなかった選考委員も含め評価は一致していたと思う。とはいえ、これはあくまで選考という、相対的に優劣をつける、必ずしも「文学的」とはいえぬ場での話にすぎない。今回解説を書くにあたってあらためて作品を読み直し、テクストと対話的に関わる経験、語の本来の意味での「文学的」経験を経ての感想を以下に記そうと思う。

で、あらためて気づかされるのは、本小説の筋立てが、それだけをとってみれば、相当に無理のあるものだという点だ。地方出身で東京のＩＴ企業に勤める女性である「わたし」は、学生時代に卵巣の手術を受け、そのせいもあって性的な交わりには消極的なのだが、「わたし」にはセックスをしなくても構わないとする恋人・郁也がいて同棲している。郁也は平均的な性的欲求を持つ男性で、子供をもちたいとの願いを抱くのに対して、「わたし」は妊娠出産が不可能な身体《からだ》ではないのだけれど、子供を作ることには前向きではない。つまりこれはかなり不自然で歪《いびつ》なカップルなのだが、そこへひとりの女性が登場して、物語は動き出す。

彼女は「わたし」に告げる。自分は郁也と金銭の授受を媒介にしたセックスをした結果、妊娠した。中絶はしたくないから子供は産むが、自分で育てる気はない。郁也と一度結婚して出産したらすぐに離婚するので、そのあと子供を郁也と「わたし」で育ててほしい――。

この非常識とも思える提案を受けた「わたし」がいかに思考し行動するかが、小説の中核をなすのだが、「わたし」は状況を吟味し、郁也と話し合い、女性ともまた何度か会ったうえで、提案を受け入れる方向へとむかう。筋立ての無理とは、すなわちこれだ。女性の申し入れは、一蹴して然るべきと判定するのが普通であろうし、提案する方も提案する方だが、受け入れる方もどうかしていると、概ね感想を抱かれるところだろう。

もっとも世の中は広い。そういう変梃《へんてこ》な人たちもことによったら存在するかもしれない、とそう考えるのもまた常識であり、その点を加味していえば、本作の筋立ての無理とは、主人公たる「わたし」が偏奇な人物でないが故に浮き彫りとなる。

外界に異和を覚えることの多い「わたし」は、日頃から生きにくさを感じている人物であり、とりわけ生まれ育った地方町では、ジグソーパズルの一片としての嵌《はま》りどころを見出せぬまま東京で暮らす者だが、しかしこれは少しでも内省への傾きのある、鈍さの脂肪を魂に纏いつかせていない人であるなら、自然ともいえるあり方だろう。一方で「わたし」は故郷の家族を人並み以上に愛しているのだし、郁也のことも、セックスなしの関係の先行きに不安を抱きながらもやはり愛している。出産した職場の友人から赤ん坊の写真を見せられて、子供より隣に写る犬の方が可愛いと「わたし」は感じてしまうが、それも決して珍しいことではない。女性は必ず子供好きで、子供を産みたいと願うものだ、などということはあるはずもないので、ほとんどの女性は結婚出産という制度に、ジグソーパズルの一片として、進んでか強いられてかして、嵌り込むだけの話である。「わたし」はパズルに嵌るのを困難に思う一方で、もし自分に子供ができたと知ったら実家の両親が喜ぶだろうとも考えるのである。

「わたし」は平凡、とはいえぬまでも、常識的な人物として造形されている。じつはこれは近代以来のリアリズムのスタイルが要請するものだ。リアリズム小説の主人公は、特別な能力や資質を持たない、読者と等身大の人物でなければならない。空を飛べたり不死身だったりしてはリアリズム小説の主人公にはなれない。特殊能力はなくても、極端に偏奇な性格を具有してもやはりだめである。その点「わたし」はリアリズム小説の主人公の資格十分で、その彼女が、役所を馘首《くび》になって許嫁《いいなずけ》との関係を愚図愚図思い悩んだり（『浮雲』）、小説が書けなくて旅をして遊んだり妻の不貞に苦しんだり（『暗夜行路』）といった話とは違い、先に述べた少々無理のある筋立ての世界を生きるところに本作の面白さはある。

読者は無茶な提案を突きつけられた「わたし」の心理や思考を追っていくことになるわけだが、浮気した恋人が他所《よそ》に作った子供を引き取って育てるなどは、むかしの家父長制下の家じゃないのだから、まず無理だろうと思っていると、いつの間にか提案を受け入れる方向に「わたし」が進みつつあることを読者は知る。その決断――というほどには明瞭な切断面はなく、なし崩し的に受け入れていく姿勢は自然にすら感じられる。しかしそれはすでに述べたように、「わたし」が奇矯な人間だからではない。

それでいうなら、悪びれるところなく自分の産む子供の養育を相手の恋人に依頼して、「素性のよく分からない女の産んだ子どもを育てるのって、嫌じゃありませんか？」といって「わたし」と定期的に会うことを提案する女性――ミナシロの名前を与えられた女性や、浮気してできた子供を一緒に育てようという郁也はよほど奇妙な人物の印象を与える。これでもし「わたし」までもが奇矯な振る舞いをなす者の印象を残すなら、変な人たちが変なことをしているだけの話になってしまう。繰り返しになるが、「わたし」が読者と等身大の、リアリズム小説の主人公にふさわしい、「平凡」な人物であるところに本小説の力動点はあるのだ。

ちなみにいえば、郁也にしろミナシロにしろ、かれらが視点人物となってその内面がリアリズムの手法で描かれるなら、決して奇矯な人物ではなくなるだろう。逆に、たとえばミナシロの視点から見られるなら、「わたし」はかなり変な女として現れることになるだろう。人間にとって他者とはいつでも謎なのである。

「わたし」はミナシロの無茶な提案を受け入れる。そこに至る思弁や感情の動きは、自明のものとして流通する結婚出産なる制度が、確固たる基盤に支えられたものではない事実を明るみに出す。私たちが普段当たり前に捉えて、ことさらに意識しない観念を批判し批評するのが、小説なるもののなによりの魅力であり価値であるが、「わたし」もまた作者が用意した筋立てを生きることを通じて批評性を発揮する。男女の結びつき、家族、性愛、結婚、出産、子育て——そうした事柄をめぐる常識が、静かに揺さぶられるのを読者は感じずにはいられないだろう。ここにこそ本小説の最大の魅力はある。

そしてなによりも、間橋という名前を与えられた「わたし」の、パズルの一片であることを、おとなし気でありながら頑強に拒絶する身体、波立つ海に突き出す岩崖《がんがい》のように世界に対峙する「わたし」の身体、その質感が「かたち」あるものとして読後には残るのであり、それはリアリズムの結構を支えるだけの上質な言葉、涼しげでありながら芯に熱をはらんだ文体がもたらしたものといえるだろう。二十世紀零年代に日本語のリアリズム小説が生まれて一世紀超、単視点で世界を描く方向へと洗練してきたリアリズムの伝統の力が結実していると感じさせるものがある。

出産したミナシロは結局、子供を「わたし」と郁也に渡さない。土壇場でミナシロは「常識」的な判断をなす。小説の筋立ては、最後に無難な軌道へと導かれる。選考会では、これはやや残念だ、実際に子供を育てる「わたし」の姿が見てみたかった、との意見があり、自分も同じく思ったひとりなのだが、それはないものねだりというものだろう。小説を終わらせる作者の手つきというものはどんな場合でも邪魔に感じられるものなのだ。完結への不満は逆にテクストがスリリングであることの証しでありうる。この作品はここまで、との作者の判断は、まずはよしとしなければならない。これがデビュー作であることを考えればなおさらである。

その後の高瀬隼子は、過不足ない文章力を駆使して、魅力ある作品を発表し続けている。高瀬隼子が身についたリアリズム文体のさらなる洗練を重ねていくのか、あるいは何かしら別の表現のかたちへと向かうのか、注目していきたい。

（おくいずみ・ひかる　作家）

第四十三回すばる文学賞受賞作

本書は、二〇二〇年二月、集英社より刊行されました。

集英社文庫　目録（日本文学）

瀬戸内寂聴　晴美と寂聴のすべて2（一九七六〜一九九八年）
瀬戸内寂聴　わたしの源氏物語
瀬戸内寂聴　寂聴源氏塾
瀬戸内寂聴　寂聴仏教塾
瀬戸内寂聴　まだもっと、もっと　晴美と寂聴のすべて・続
瀬戸内寂聴　わたしの蜻蛉日記
瀬戸内寂聴　寂聴辻説法
瀬戸内寂聴　ひとりでも生きられる
瀬戸内寂聴　求愛
瀬戸内寂聴・美輪明宏　ぴんぽんぱん　ふたり話
曽野綾子　アラブのこころ
曽野綾子　人びとの中の私
曽野綾子　辛うじて「私」である日々
曽野綾子　狂王ヘロデ
曽野綾子　観月観世　或る世紀末の物語
平安寿子　恋愛嫌い

平安寿子　風に顔をあげて
平安寿子　幸せ嫌い
高倉健　あなたに褒《ほ》められたくて
高倉健　南極のペンギン
高嶋哲夫　トルーマン・レター
高嶋哲夫　M8　エムエイト
高嶋哲夫　TSUNAMI　津波
高嶋哲夫　原発クライシス
高嶋哲夫　東京大洪水
高嶋哲夫　震災キャラバン
高嶋哲夫　いじめへの反旗
高嶋哲夫　沖縄コンフィデンシャル　交錯捜査
高嶋哲夫　沖縄コンフィデンシャル　ブルードラゴン
高嶋哲夫　富士山噴火
高嶋哲夫　沖縄コンフィデンシャル　楽園の涙
高嶋哲夫　沖縄コンフィデンシャル　レキオスの生きる道

高嶋哲夫　バクテリア・ハザード
高杉良　管理職降格
高杉良　小説　会社再建
高杉良　欲望産業(上)(下)
高瀬隼子　犬のかたちをしているもの
高梨愉人　二度目の過去は君のいない未来
高野秀行　幻獣ムベンベを追え
高野秀行　巨流アマゾンを遡《さかのぼ》れ
高野秀行　ワセダ三畳青春記
高野秀行　怪しいシンドバッド
高野秀行　異国トーキョー漂流記
高野秀行　ミャンマーの柳生一族
高野秀行　アヘン王国潜入記
高野秀行　怪魚ウモッカ格闘記　インドへの道
高野秀行　神に頼って走れ！　自転車爆走日本南下旅日記
高野秀行　アジア新聞屋台村

高野秀行　腰痛探検家
高野秀行　辺境中毒！
高野秀行　世にも奇妙なマラソン大会
高野秀行　またやぶけの夕焼け
高野秀行　未来国家ブータン
高野秀行　謎の独立国家ソマリランド　そして海賊国家プントランドと戦国南部ソマリア
高野秀行　恋するソマリア
高野秀行／清水克行　世界の辺境とハードボイルド室町時代
高野秀行／清水克行　辺境の怪書、歴史の驚書、ハードボイルド読書合戦
高野麻衣　Fショパンとリスト
高橋一清　編集者魂　私の出会った芥川賞・直木賞作家たち
高橋克彦　完四郎広目手控
高橋克彦　天狗殺し　完四郎広目手控II
高橋克彦　いじん幽霊　完四郎広目手控III
高橋克彦　文明怪化　完四郎広目手控IV
高橋克彦　不惑剣　完四郎広目手控V
高橋源一郎　ミヤザワケンジ・グレーテストヒッツ
高橋源一郎　競馬漂流記　では、また、世界のどこかの観客席で
高橋源一郎　銀河鉄道の彼方に
高橋千劔破　江戸の旅人　大名から逃亡者まで30人の旅
高橋三千綱　和三郎江戸修行　脱藩
高橋三千綱　和三郎江戸修行　開眼
高橋三千綱　和三郎江戸修行　愛憐
高橋三千綱　和三郎江戸修行　激烈
高橋三千綱　少年期「九月の空」その後
髙橋安幸　根本陸夫伝　プロ野球のすべてを知っていた男
高見澤たか子　「終の住みか」のつくり方
高村光太郎　レモン哀歌—高村光太郎詩集
瀧羽麻子　ハローサヨコ、きみの技術に敬服するよ
瀧本哲史　読書は格闘技
武井照子　あの日を刻むマイク　ラジオと歩んだ九十年
竹内真　粗《そ》忽《こつ》拳《けん》銃《じゅう》
竹内真　カレーライフ
武内涼　はぐれ馬借
武内涼　はぐれ馬借疾風の土佐
武田綾乃　バブル
武田晴人　談合の経済学
竹田真砂子　牛《うし》込《ごめ》御《ご》門《もん》余《よ》時《じ》
竹田真砂子　あとより恋の責めくれば　御家人大田南畝
竹田真砂子　白春
竹田津実　獣医師の森への訪問者たち
竹田津実　獣医師、アフリカの水をのむ
竹林七草　お迎えに上がりました。　国土交通省国土政策局幽冥推進課
竹林七草　お迎えに上がりました。　国土交通省国土政策局幽冥推進課2
竹林七草　お迎えに上がりました。　国土交通省国土政策局幽冥推進課3
竹林七草　お迎えに上がりました。　国土交通省国土政策局幽冥推進課4
竹林七草　お迎えに上がりました。　国土交通省国土政策局幽冥推進課5
竹林七草　ホラー作家八街七瀬の、伝奇小説事件簿

集英社文庫　目録（日本文学）

竹林七草　お迎えに上がりました。　国土交通省国土政策局幽冥推進課6
竹林七草　お迎えに上がりました。　国土交通省国土政策局幽冥推進課7
嶽本野ばら　エミリー
嶽本野ばら　十四歳の遠距離恋愛
太宰治　人間失格
太宰治　走れメロス
太宰治　斜陽
田崎健太　真説・長州力　1951-2018
田崎健太　真説・佐山サトル　タイガーマスクと呼ばれた男
田尻賢誉　木内語録　甲子園三度優勝の極意
多田富雄／柳澤桂子　露の身ながら　往復書簡　いのちへの対話
多田富雄　寡黙なる巨人
多田富雄　春楡の木陰で
多田容子　柳生平定記
多田容子　諸刃の燕
橘玲　不愉快なことには理由がある

橘玲　バカが多いのには理由がある
橘玲　「リベラル」がうさんくさいのには理由がある
橘玲　文庫改訂版　事実VS本能　目を背けたいファクトにも理由がある
田中慎弥　共喰い
田中慎弥　田中慎弥の掌劇場
田中啓文　ハナシがちがう！　笑酔亭梅寿謎解噺
田中啓文　ハナシにならん！　笑酔亭梅寿謎解噺2
田中啓文　ハナシがはずむ！　笑酔亭梅寿謎解噺3
田中啓文　ハナシがうごく！　笑酔亭梅寿謎解噺4
田中啓文　茶坊主漫遊記
田中啓文　鍋奉行犯科帳
田中啓文　鍋奉行犯科帳　道頓堀の大ダコ
田中啓文　ハナシはつきぬ！　笑酔亭梅寿謎解噺5
田中啓文　鍋奉行犯科帳　浪花《なにわ》の太公望《たいこうぼう》
田中啓文　鍋奉行犯科帳　京へ上った鍋奉行
田中啓文　鍋奉行犯科帳　お奉行様の土俵入り

田中啓文　鍋奉行犯科帳　お奉行様のフカ退治
田中啓文　鍋奉行犯科帳　猫と忍者と太閤さん
田中啓文　鍋奉行犯科帳　風雲大坂城
田中啓文　浮世奉行と三悪人
田中啓文　俳諧でぼろ儲け　浮世奉行と三悪人
田中啓文　鴻池の猫合わせ　浮世奉行と三悪人
田中啓文　えびかに合戦　浮世奉行と三悪人
田中啓文　ジョン万次郎の失くしもの　浮世奉行と三悪人
田中啓文　大塩平八郎の逆襲　浮世奉行と三悪人
田中啓文　さもしい浪人が行く　元禄八犬伝　一
田中啓文　天下の豪商と天下のワル　元禄八犬伝　二
田中啓文　歯嚙みする門左衛門　元禄八犬伝　三
田中啓文　天から落ちてきた相撲取り　元禄八犬伝　四
田中啓文　討ち入り奇想天外　元禄八犬伝　五
田中啓文　十手笛おみく捕物帳
田中優子　世渡り万《よろづ》の智慧袋　江戸のビジネス書が教える仕事の基本

集英社文庫 目録（日本文学）

田辺聖子 花衣ぬぐやまつわる…(上)(下)
田辺聖子・工藤直子 古典の森へ 田辺聖子の誘う
田辺聖子 夢渦巻
田辺聖子 鏡をみてはいけません
田辺聖子 楽老抄 ゆめのしずく
田辺聖子 セピア色の映画館
田辺聖子 姥ざかり花の旅笠 小田宅子の「東路日記」
田辺聖子 夢の櫂こぎ どんぶらこ
田辺聖子 愛を謳《うた》う
田辺聖子 あめんぼに夕立 楽老抄Ⅱ
田辺聖子 愛してよろしいですか？
田辺聖子 九時まで待って
田辺聖子 風をください
田辺聖子 ベッドの思惑
田辺聖子 春のめざめは紫の巻 新・私本源氏
田辺聖子 恋のからたち垣の巻 異本源氏物語

田辺聖子 ふわふわ玉人生 楽老抄Ⅲ
田辺聖子 恋にあっぷあっぷ
田辺聖子 返事はあした
田辺聖子 お気に入りの孤独
田辺聖子 お目にかかれて満足です(上)(下)
田辺聖子 そのときはそのとき 楽老抄Ⅳ
田辺聖子 われにやさしき人多かりき わたしの文学人生
谷瑞恵 思い出のとき修理します
谷瑞恵 思い出のとき修理します2 明日を動かす歯車
谷瑞恵 思い出のとき修理します3 空からの時報
谷瑞恵 思い出のとき修理します4 永久時計を胸に
谷瑞恵 木もれ日を縫う
谷川俊太郎 わらべうた
谷川俊太郎 これが私の優しさです 谷川俊太郎詩集
谷川俊太郎 ONCE —ワンス—
谷川俊太郎 谷川俊太郎詩選集 1

谷川俊太郎 谷川俊太郎詩選集 2
谷川俊太郎 谷川俊太郎詩選集 3
谷川俊太郎 二十億光年の孤独
谷川俊太郎 62のソネット＋36
谷川俊太郎 谷川俊太郎詩選集 4
谷川俊太郎 私の胸は小さすぎる 恋愛詩ベスト96
谷川俊太郎 いつかどこかで 子どもの詩ベスト147
谷崎潤一郎 谷崎潤一郎犯罪小説集
谷崎潤一郎 谷崎潤一郎マゾヒズム小説集
谷崎潤一郎 谷崎潤一郎フェティシズム小説集
谷崎由依 鏡のなかのアジア
谷崎由依 遠の眠りの
谷村志穂 なんて遠い海
谷村志穂 シュークリアの海
谷村志穂・飛田和緒 ごちそう山《さん》
谷村志穂 ベリーショート

集英社文庫　目録（日本文学）

谷村志穂　妖精愛
谷村志穂　カンバセーション！
谷村志穂　白の月
谷村志穂　恋のいろ
谷村志穂　愛のいろ
谷村志穂　3センチヒールの靴
谷村志穂　空しか、見えない
谷村志穂　きりんご紀行
種村直樹　東京ステーションホテル物語
田村麻美　ブスのマーケティング戦略
千野隆司　鉞《まさかり》ばばあと孫娘貸金始末
千早茜　魚《いお》神《がみ》
千早茜　おとぎのかけら　新釈西洋童話集
千早茜　あやかし草子
千早茜　人形たちの白昼夢
千早茜　わるい食べもの
千早茜　透明な夜の香り
蝶々　小悪魔な女になる方法
蝶々　伊東明　恋セオリー39　男をトリコにする
蝶々　小悪魔A《アンサー》　恋する女子たち、悩まず愛そう♥
蝶々　上級小悪魔になる方法
蝶々　恋の神さまBOOK
陳舜臣　日本人と中国人
陳舜臣　耶《や》律《りつ》楚《そ》材《ざい》(上)(下)
陳舜臣　チンギス・ハーンの一族1　草原の覇者
陳舜臣　チンギス・ハーンの一族2　中原を征く
陳舜臣　チンギス・ハーンの一族3　滄海への道
陳舜臣　チンギス・ハーンの一族4　斜陽万里
陳舜臣　曼陀羅の山　七福神の散歩道
塚本青史　呉越舷《げん》舷《げん》
柘植久慶　21世紀サバイバル・バイブル
辻仁成　ピアニシモ
辻仁成　旅人の木
辻仁成　函館物語
辻仁成　ガラスの天井
辻仁成　ニュートンの林檎(上)(下)
辻仁成　千年旅人
辻仁成　嫉妬の香り
辻仁成　99才まで生きたあかんぼう
辻仁成　右岸(上)(下)
辻仁成　白仏
辻仁成　日付変更線(上)(下)
辻仁成　父 Mon Père
辻原登　許されざる者(上)(下)
辻原登　東京大学で世界文学を学ぶ
辻原登　韃靼の馬(上)(下)
辻原登　冬の旅
津島佑子　ジャッカ・ドフニ　海の記憶の物語(上)(下)

集英社文庫　目録（日本文学）

辻村深月　オーダーメイド殺人クラブ
堤　堯　昭和の三傑　憲法九条は「救国のトリック」だった
津原泰水　蘆屋家の崩壊
津原泰水　少年トレチア
津村記久子　ワーカーズ・ダイジェスト
津村記久子・深澤真紀　ダメをみがく　"女子"の呪いを解く方法
津本陽　月とよしきり
津本陽　龍馬一　青雲篇
津本陽　龍馬二　脱藩篇
津本陽　龍馬三　海軍篇
津本陽　龍馬四　薩長篇
津本陽　龍馬五　流星篇
津本陽　幕末維新傑作選　最後の武士道
津本陽　巨眼の男　西郷隆盛1～4
津本陽　深《じん》重《じゅう》の海
津本陽　下天は夢か一～四
津本陽　まぼろしの維新　西郷隆盛、最期の十年
手塚治虫　手塚治虫の旧約聖書物語①　天地創造
手塚治虫　手塚治虫の旧約聖書物語②　十戒
手塚治虫　手塚治虫の旧約聖書物語③　イエスの誕生
寺地はるな　大人は泣かないと思っていた
寺地はるな　水を縫う
天童荒太　あふれた愛
戸井十月　チェ・ゲバラの遥かな旅
戸井十月　ゲバラ最期の時
藤堂志津子　かそけき音の
藤堂志津子　昔の恋人
藤堂志津子　秋の猫
藤堂志津子　夜のかけら
藤堂志津子　アカシア香る
藤堂志津子　桜ハウス
藤堂志津子　われら冷たき闇に
藤堂志津子　夫の火遊び
藤堂志津子　ほろにがいカラダ　桜ハウス
藤堂志津子　きままな娘　わがままな母
藤堂志津子　ある女のプロフィール
藤堂志津子　娘と嫁と孫とわたし
堂場瞬一　8年
堂場瞬一　少年の輝く海
堂場瞬一　いつか白球は海へ
堂場瞬一　検証捜査
堂場瞬一　複合捜査
堂場瞬一　解
堂場瞬一　共犯捜査
堂場瞬一　警《サ》察《ツ》回りの夏
堂場瞬一　オトコの一理
堂場瞬一　時限捜査
堂場瞬一　グレイ

集英社文庫

犬《いぬ》のかたちをしているもの

2022年8月25日　第1刷
2023年6月6日　第4刷

定価はカバーに表示してあります。

著　者　高瀬《たかせ》隼子《じゅんこ》
発行者　樋口尚也
発行所　株式会社　集英社
東京都千代田区一ツ橋2-5-10　〒101-8050
電話　【編集部】03-3230-6095
【読者係】03-3230-6080
【販売部】03-3230-6393(書店専用)

印　刷　大日本印刷株式会社
製　本　大日本印刷株式会社

フォーマットデザイン　アリヤマデザインストア　　マークデザイン　居山浩二

ISBN978-4-08-744427-8 C0193

S